人間減らし

吉野川 潤

文芸社

挿画　吉野川　潤

目次

プロローグ

「ワーッ」「ウオー」「ワー」……

地響きと地鳴りのような群衆の喚声とどよめきが、次の瞬間、水を打ったように静まり凍り付いた。

中東某国からのTV中継は、今しも演台の後ろ側に沈もうとしている指導者の姿を捉えていた。それまで群衆に向かって突き出され、あるいは派出に拡げられていた彼の手は、演台をつかもうと力なくもがき、空をつかんだ。TV画面は指導者の体を支えようとするSPや駆け寄る側近、騒然となった群衆を映し、泣き叫ぶ女性にパンしたところで唐突にホワイトノイズへと変った。

CX《キャセイ・パシフィック》801便のエコノミー席で画面を見ていた乗客からも「アッ」「オーッ」という声があがり、立ち上がってフライトアテンダントを呼ぶもの、せわしく動き回るものなど騒然とした気配が漂った。

J.Y

８０１便はこの某国の首府からインド、タイ、香港を経由し、成田に向かう。機内の64A席では、額に絆創膏、唇の右端をはらし青痣をつけた、初老の日本人男性が「フーッ」というつぶやきとも、吐息ともとれるものを洩らしていた。彼の名を吉国治という。彼は首を軽くふるとポケットからスケットルを取り出し、一口呷《あお》って座りなおした。ＴＶはＢＢＣニュースを流し始め、中東の有名な指導者が、記念広場での演説中に「……by《心不全で》 heart《死亡した》 failure」と繰り返していた。

この指導者は数人の「影武者」を準備していて、少しでも危険が予想される場所などには、代役が登場していたことはよく知られていた。しかし、首府の広場でもあり警備態勢も万全なのと、宣伝効果も見越して外国のＴＶ放送を許可していたことが、本人が演説をした理由だった。指導者はもとからＴＶに出るのが好きだった。その上この日は、動員された民衆が、熱狂的に彼を迎える姿が、世界中に映し出されることになっていた……。

この事故が起こる四時間ほど前に、吉国は指導者と面接していた。あまり嬉しくない留置場の鉄格子をはさんでだったが……。三日前観光ビザで入国した彼は、安物の一眼レフカメラで方々を写しているところを警官に職務質問された。言葉が不明瞭なうえ片言英語しか話せず「不審者」と疑われ、軍に通報されて所持品はもちろんのこと、彼自身も素裸にされて取調べを受けた。裸にされた時、やせた体の喉や右胸、腹部の手術痕を見た下士官は、驚いて目を見張ったが、すでに業を煮やした下士官に撲られたりこずいたりされた後だった。その上、吉国は中東は仏語が必要と少し覚えていたが、逆にそれが反感を買ったようだ。「私は観光にきた。日本大使館（ランバサード・デュ・ジャポンと言った）に連絡してくれ。こんな体では何もできないよ」

言い終わらぬうちに声高な怒鳴りと、暴力の嵐が吹き荒れ散々な様子となっていた。下士官から順に上層部に報告され、好奇心の強い指導者がお出ましになったという次第。ここを先途と身ぶり手ぶりを加えて、必死に釈明に努めた。現像して調べた写真を側近から見せられ、耳うちにうなずいた指導者は、片手を軽く振って向きを変えた。それが「釈放せよ」の合図だと分かった吉国は床に跪ずき、後姿に三拝九拝したのである。

痛む体に鞭打って衣服をつけ、バッグを受け取って軍の車で空港に送られた。おかげで出国手続きも早く済み、搭乗ゲートを出るまで見張られて、ＣＸ８０１便に乗ったのだが、実は留置場で三拝九拝した時、吉国はあることをしていた。

そして今、吉国は機内で吐息ともつかぬつぶやきを洩らしている。そのつぶやきを近くで聞くと「南無阿弥陀……」と念仏を唱えていたのだった……。

1　マイナス念力波

吉国治、五十七歳は異能力（超能力ではない）の持ち主である。生来ではなくいつどこで身についたのかは不明だ。推定すると五十五歳からの大腸ポリープの除去と、その後の右喉の扁桃腫瘍の手術に関しての入院加療しか思い浮かばない。

ポリープ手術の際は、開腹し腸を約十五センチほど切除して一ヶ月入院した。右喉の扁桃腫瘍の二十時間を要した手術では、治療過程で三度の全身麻酔を受け、三十回の放射線治療を続けて八ヶ月後に退院した。感電経験も軽いものは数回あったが、生命に危険を及ぼすほどの重大な体験はない。何か入院加療が影響したとしか思えないのだが、確証などあるはずもなかった。

退院後、リハビリに歩行運動を意欲的に行なって体力、気力の回復に努めた。最初は自宅周辺を歩き、半年後くらいから徐々に距離を延ばしていったのだが、その経路の中ほどに雑草の生い繁った広い空地があった。だが、その頃は廃材やごみなどが山積みに捨てられていて、烏など野鳥も群がって喧《やかま》しく鳴き騒ぎ、野犬もうろついていて人通りはほとんどなく、昼間でも不気味な一画だった。現在は都市計画で整理され、市営の施設が作られて、以前の面影は残っていない。

ある日そこを通りかかると、三匹の野犬が吠え、襲いかかってきた。腕を振り上げ足を蹴り上げたりして脅かしたが、数歩後退するだけで、一匹は後ろにまわろうとさえする。鼻に皺を寄せ歯をむき出して唸り、甲高く吠えないのが不気味で、人相いや犬相も極めて悪い。背筋を冷たいものが走り、咄嗟《とっさ》に牽制する姿勢をとった。両手を胸の位置で肘から曲げて水平に保ち、両足を踏んばり、体を大の字のようにした。その姿勢のまま大声で怒鳴ると、犬は一瞬ひるんだように見えた。ふとひらめいて合掌をし「ウムッ」と気を入れてみた。先頭の大きな黒犬が前足の膝を折り、つんのめるようにして倒れた。

この犬がリーダーだったのか、他は尻尾を巻き一目散に逃げて行った。ほっとして両掌を詳細に観察したが、とくに変ったところはない。音も光も出ず衝撃もなかった。黒犬の首筋で確認したが脈動はなく、死んでいる。にわかには信じられず、少し間をおいて再度調べてみたが同じであった。周囲を見ると山積みされた廃材などの天辺に、大きな烏がとまっている。試しに烏に向かい合掌して「グッ」と気を込めると、バサッと音を立てて倒れ動かなくなった。

合掌した掌の小指外側から何かが出た、何かが放射されたと解釈できたが、いったい何なのか、何故なのかわからない。しかし、そのことが頭から離れず、その夜は眠れなかった。単なる偶然かもしれないので再確認をしようと思い、翌日の午後過ぎまで降り続いた雨が上がるのを待って、昨日の場所に立ち寄ってみる。野犬の影もない。三十メートルほど離れた電柱に烏が一羽とまっているのが見え、合掌して狙いをつけ「ウム」。気を込めるとバサバサと羽ばたきながら落ちた……。

やはり偶然ではない、もう間違いないと確信がもてた。彼はこれをマイナス念力波、略して(－)念波と名づけた。世間には念力や気など、何らかのエネルギーを発する人がいるがすべてプラスのエネルギーや波動らしい。吉国の放射する念力波は、他と位相が逆で、プラスを減少または消滅するマイナス波動エネルギーなのではないか。漠然とそう感じての命名だった。

2　人間《ひと》への放射

最初に人間《ひと》に向けて(一)念波を放射したのは、ちょっとした事件からだった。

吉国の馴染みの「千鳥」という小体な居酒屋が、彼の住むH市橋町大通りの一筋裏通りにあり、よく通っていた。路地はすれ違うと肩が触れ合うほどに狭く、吸殻が散乱し、アンモニアや嘔吐物の臭気もする汚なさだったが、会社員や近所の商店主達にも息抜きと活力の源として人気があった。

女将は三十前で、板前だった亡夫と結婚して居酒屋を開店したが、軌道に乗り始めた四年前、交通事故で夫を亡くし、あとを調理師免許も取って細腕で切り盛りしていた。色白でふっくらしていて着物が似合い、何時も清潔な割烹着をつけ、口数もそれほど多くなく、お世辞も過ぎず、話題が明るいのが気に入って通っている。常連達も「色気を隠してしまっては惜しいよ。腰の線ぐらいは宣伝費……」と嗾《けしか》けるが「これが千鳥の制服よ。お酒と料理は吟味して売りますが、お色気は売りませんので悪しからず」首を軽くかしげての仕種が何とも柔らかく、常連達の信頼と愛着を高め、根強い人気を保っていた。

その夜は今にも降り出しそうな曇り空で、人通りも客も少なく、店内も女将の雰囲気も沈んでいた。何時もなら、差し出す盃を一杯は如才なく受けるのに、勧めても首を振り項《うな》垂《だ》れてしまう。間をおいて尋ねると、通称「キザ健」と呼ばれるやくざのことで迷惑しているとの話。そのやくざについては吉国も噂を耳にしていた。橘町界隈を縄張りとする西竹組でも兄貴と呼ばれている札つきで、前科もあり、妻子がいるのに女癖も悪い評判のワル。「キザ健が俺の女になれ、としつこくて困っているんです。今晩も来そうだわ……」と眉をひそめる女将に、かける言葉も見つからなかった。

話が途切れたとき、一人の男が肩を怒らせて入ってきた。音を立てて椅子に腰をおろし、「ビール」と注文した。女将が注いだのを一気に飲み干しテーブルに音を立ててグラスをおいてプハーッと大きな息を吐いた。女将の手を握ろうとして、こちらを一瞥《いちべつ》すると「オッさん、今夜はもう帰ってんか。ワイ女将とサシで話があんねん」妙な関西弁風の口調である。

「けど、私も今来たばかりで……」と言いかけると「ジャカァシイ、痛い目せなわからんちゅうのんか」立ち上がりかける乱暴さだ。脅しには関西弁のほうが凄みが出るといまだに信じているのだろう。カウンター内では女将が、体をすくめ蒼ざめて手を合わせている。

こいつがキザ健か。こんなのはプロポーズでも何でもない。このやくざが立ち寄るたびに客は追出され、怖がって来なくなった客もいたとの話。女将の当らず触らずの応待も限度だと思われ、途端に決心をした。

こんなやくざ者のために、必死で生きようとしている女性が苦しめられる不条理は許せない。巡回の警官に話しても「恐喝にはならんなあ」と取り上げてもらえなかったそうだ。客商売という立場なので、あまり強い態度や言葉で断われないのをよいことに、他にも何人も泣かされているという。

「それなら仕方がない、女将さん勘定を……」と、みなまで言わせず「次にしたらエエ、早よう消えさらせ」仁王立ちになり、さらに肩をそびやかすキザ健に「ではお邪魔をしました」と合掌し、頭を下げたふりをして念波を放射した。吉国は戸をあけてふみだしかけ、軽く振り返ると、キザ健はストンと椅子に腰を落とした。「効いたな」と確信して外に出た。

雨は降っていなかったが上着の襟を立てて目立たぬようにした。女将には知らせない方が彼女のためでもある。間もなく救急車を呼んだり、大騒ぎになるだろうが「少しの辛抱、辛抱」と背を丸め、吉国は人混みのなかを「南無……」とつぶやきながらバス停に向かって足を運んだ。

三、四日ほどして吉国が暖簾をわけ入ると「アラ先日ははどうも済みませんでした、気を悪くしてもう来ないのではと心配しました」五人ほどの常連が軽く手を上げ会釈をする。「いや私は平気だけれど、女将は大変だったんじゃないの」と尋ねると、何時もと違い饒舌なのは、体験が衝撃だったことの証左だろう。常連達の興味も集中していて、何度聞いても「エキサイティング」とか言って、何よりの酒の肴にしているのだ。女将の口調も熱を帯び「嫌なことされるかなと冷や冷やしていたら、椅子に腰をおろしたまま、口をきかないのよ。変に思って側にいってみると、白目をむいて口から泡吹いていたので、急いで救急車を呼んだのよ」「それで……」と煽《あお》るのもいて、ビールを一口飲んで喉を湿らせ一気に語る。

「救急隊員は目を見たり脈をはかったと思ったら、警察へ通報した方が良いって言うのよ。もうびっくりしたの何のって、すぐにパトカーや刑事がきて大騒ぎになったのよ」「うんうんそれからどうした」火に油を注いでいる。「事情聴取に四日もつぶれたけど、キザ健のこと色々話してくれたわ。警察も前から目はつけていて、何時逮捕するかという時期だったそうよ。脅迫や無銭飲食、詐欺に麻薬まで手を出してたね、解剖したら体も相当悪かったという話ね。アル中に糖尿のうえの不摂生で、心不全を起したそうよ」「それで一件落着かい」「刑事は、起訴されたら十年以上はム所入りだったろう。本人は好き放題してポックリいけたんだから、良かったんじゃないのって話してたわ。もう迷惑かけないから、安心して来て下さいね」「良かった良かった。じゃ千鳥と俺達のために」とジョッキやグラス、盃などをそれぞれに高く上げて祝ったのだった。

女将や常連達も、吉国の念波でキザ健が心不全を起したとは知らず、疑いも持っていない。しかし問題も残った。キザ健は病死したのであり、原因は本人にあったのだから、他のやくざが「みかじめ料」などを取りにくるのを防げない。「次からは組員が来て無理強いされたら、すぐ警察に知らせること。最初が大切だから」の奨めには、常連たちも「そうだそうだ」と力を入れて応援をする。彼らも多かれ少なかれ、嫌な目に合っていたからだ。

「そう。中央署にも、一度でも飲ましたり、金を渡したりすると必ずあとを引くことになるから、と厳しく言われたわ」話もようやく下火となりギャラリーも静まってきた。なお、吉国も千鳥の客だったことから、中央署の六角《むすみ》四郎警部補の事情聴取を受けた。これが六角刑事（通称ロクさん）との出逢いであり、その後しばしば交際《つきあ》うことになる……。

降り出した雨音に誘われるように、常連達も「じゃあまた。おやすみ」と帰っていき、もう来客もないようだ。「ゆっくりしていってね」という女将に酌をすると、明るく受け綺麗な喉を見せて「ああ美味しい」と、安らいだ表情になる。「踊ろうか」立ち上がると割烹着を脱いだ。仕事とは区別をする意思表示である。信州つむぎの絣に、紅型風型染めの名古屋帯を腰高に締めた小粋さは、生唾をのむほどの良さがある。店に通い始めて二年は過ぎ、ダンスも女将の都合がつけば踊った。無理強いもせずチークダンスもしたことはない。彼も並みのホステスと同一の扱いはしない心づもりだった。女将のステップも軽く、リードに良く合わせ呼吸もぴったりで楽しい。

何曲か踊ったあと、目の前の桜色した耳朶にそそられ、吉国は思わず口に含んだ。厳しく振り切られるかと思ったが、ぐっと両手に力が入り、しがみつくと「フゥーン」と鼻声。溜息ともつかぬものが洩れ、ムードは申し分なしと、女将の右手を背中に回して自分の右手でつかみ、無防備となった右胸のふくらみを左手で軽くつかむ。「アーン」艶めいた声をあげたが、身をもんで離すと「寝ている子を起さないで……」と優しく睨《にら》むのへ「折角、起きた子を寝かすようなこと言わないで……」と笑い合って離れたが、掌は豊満な盛り上りと、温もりをしっかり覚えこんでいた。

3

(一)念波放射のきまり

人間《ひと》に向けての放射は、生命に影響をあたえることでもあり、基準を設けて厳守することにした。それは多少なりとも権力や能力、地位を持つものは、ノブレス・オブリュージュ（地位高ければ、責務重し）の概念とか、謙虚さや自己規制が絶対に必要だと吉国が考えたからである。

ア、年齢は七十歳以上（原則的に）。

イ、入院や自宅介護が長期化し、重病で回復の見込みがない。

ウ、ア、イに該当し、本人が痛切に「楽になりたい」と訴え、強く希望している。

エ、植物状態が長く、本人の意思表示は不可能で、家族も困窮している。

オ、七十歳以下でも、社会規範から著しく外れ、害悪の自覚もなく世人を苦しめ、多大な迷惑を及ぼしている。

カ、万止むを得ない緊急避難、または予防措置、その他、時宜、必要に応じて。

などを決めた。これは彼自身を守るものでもある。
(－)念波には断食や食欲不振からの空腹による、体力、体調の低下、あるいは相手から暴力などを受けて、体力、気力が低下すると(－)念波は逆に強くなる傾向がある。音・光はでず衝撃もない。痣や外傷も生じないうえに、タイムデレイ（時間遅延）と強弱が自由に調節できるといった特性があった。

加えて、対面した相手は「こんな初老で貧相な男か」との印象を持つことで、気が弛み油断が生じる。その隙に念波を放射してこそ、目的を達成でき、成功率も極めて高い。

吉国は中肉中背の体格だったが、病後、体重が減少して回復せずまたその見込もない。非力で武道の習得歴もなく、喧嘩も弱い。つまり、常人では負の悪条件が逆の強味になるのだが、(－)念波の放射はやはりスタミナなどを消耗するのは避けられず、本人がもたなくなるので無制限には使用できない。それが安全装置にもブレーキともなり、弱点でもあった。吉国が自分自身を守る上からも、基準を設けなければならなかった理由がここにあった。

4　初仕事

それは九州の屋根といわれる高原の、四方を深山にかこまれた過疎の村でのことだった。ＴＶでは「長寿の里」として、林業が主で農産物を加工し、特産品として売り出すなど、努力で発展する村と紹介された。その反面、後継者不足で平均年齢が高く、要介護老人が増えて入所・入院の順番待ちが長く続き、喜ぶべき長寿が村の活力を削《そ》ぎ、福祉・行政の予算にも少なからぬ影響を及ぼしているとも番組では伝えていた。迷路のなかで立往生しているような、困惑と苦悩が重く伝わり、考えさせられる内容でもあった。

吉国が電話で、取材を、と申し込むと応対した役場の人間は「見世物ではねえんだが……」と渋ったが、窮状をわかってもらい、解決策の一助にでもなればという、切羽つまった状況にもあって承諾してくれた。

新幹線・在来線を乗り継ぎ、下車駅からは日に四本のバスで、さらに一時間ほど九十九折の狭い道を山脈に向かって登るとＮ村の終点につく。出迎えた木崎課長は同年輩に見えたが、吉国より五歳も若かった。「どんな所が見たいですか」と聞いてくる。「一番、問題のあるところをお願いします。」「では、こちらへ」と案内されながらの話では、過疎地の通例として若者は農林業を避けて都会に出、ここ二年ほどは結婚式もなく、全校生二十一人の小学校では、今年新入生がいないのだという。

逆に高齢化は確実に進み、収入源の林業も間伐、下草刈、枝払いなどの手入れが不十分で木材の品質も低下し、価格は輸入材にくらべ割高となって売上が減少する悪循環に陥っていた。発奮した十六人の婦人部が研究開発した農産物の漬物や佃煮、ジャムや乾物などの販売を軌道に乗せたが、大量生産は望めず収入は頭打ち。こちらも若い新加入者がなく、現状維持が精一杯で救世主にはほど遠い。以前は買付けや販売にきた商売人も姿を見せなくなった。

皮肉なことに、現金収入の低下で食生活にも変化を生じ、肉類が減り魚類と自給自足が可能な緑黄野菜が増えて、それが老人の躰には好結果をもたらし、さらに長寿者が増えることになっていた。税収と国の補助金は減少傾向にあり、村の財政負担は増加するだけの実情に皆が気づきながら不安で発言もできず、具体策も打ち出せないでいるという。

「皆、よく働いたんですが、報われんですねえ。動《いご》けんが頭のしっかりした年寄は、儂らが長生きすると若いもんに荷がかかる。早くお迎えにきて欲しいもんの、こればっかりはどもならん……」と寂しく悲しい愚痴をくりかえして泣くという。

「何ばゆうとると。もっともっと長生きしてもらわにゃ」と励ますが「本当《ほんと》のところ長生きが幸せなのか、わからんようになってしもうて、私や早目にポックリいきたいですよ」重い口調である。

「しっかりしとる年寄りもいるが、七人は長年、意識もなく口もきけず、目もあけず家族もわからん。ただ心臓が動いとる、動かしとるいうだけじゃねえ……」悩みは果てがない。

特養施設、病院も小規模で増築などは望めず、しかもその大半を老人が占めるようになり、「入院期間をきめるか、交替制にでもせんと処置なしですわ」「適正人員は何人くらいですか」「定員六人室に七人入れてるんで、狭いし医者も看護婦も困っとるんじゃが、誰も何《なあん》も言わんのが逆に辛いのです。せめて定員くらいになるとねえ」「そのうち七十歳すぎで三年以上の入院、植物状態の人は……」「今は九人ですが……」

メモしながら「病室も見せて下さい」もう木崎課長は何もいわず、先に立って院長や医師、婦長にも紹介をする。吉国は挨拶のつど、合掌をしながら頭を下げていくのだが、これは念波を放射するときの姿勢のカモフラージュになる。「丸《すなお》さんは四年、こちらは三年半……」説明しながらの案内である。

酸素、点滴、除痰、排泄などの管《チューブ》が鼻、口、下半身に入り、心電図、脈拍、血圧、呼吸などのセンサーからのリードも多数見える。家族の付添はほとんどなく「平日は少ないです。出稼ぎで現金収入をせんといけんのでね、半年も来んときもあります。家族も放っとく気持ちはないのじゃが、先立つもんを稼がんことにはいけんとです」七十歳以上の医療費は健保適用で無料でも、入院費や消耗品など現金は何かと必要である。看護婦が巡回して話かけ、体を動かして姿勢を変え、尿量の点検、記録、交換を手際よく進めていく。「ご苦労さま」と声をかけ、付添いのいる病床は避け、携帯電話で連絡しているように見せながら、タイムデレイをかけながら、六人に念波を放射していった。南無阿弥陀仏……。

六室の病床に念波を放射し終えた吉国は、げっそり消耗、憔悴していた。案内した木崎課長が驚いて「休んでお茶でも」と勧めるのを固辞し、深く頭を下げ礼を言って辞去する。最終バスの時間を気にしながら、ふらつく足を踏みしめ体を支えながらバス停に向う。

スケットルを取り出し、ブランデーを一口飲みくだすと、少しずつ体力、気力が回復してくる。「ふぅ、仕事のあとは何時もこうだ」空腹、脱力、無力感で立っておれないほどになるが、旅館などで入浴して、酒を飲みながら食事をすることで、徐々に平常に戻れる。今夜も、紹介された駅前の民宿でそうする。

翌朝、朝食をすませ、帰り支度中に木崎課長から電話があった。昨日とは打って変った早口と明るさであの後《あと》、夜中に六人が亡くなったとですよ。お知らせだけしとこうと思いまして」と言う。「それはそれは。お悔やみを申し上げるべきか、よろしゅうございましたといえるのでしょうか」「ほんなこつ、これからせわしゅうなるので失礼ばします」と電話は切れたが、明るい声が課長の本音を、垣間みる思いだった。

九時すぎの上り列車に乗りこんだ吉国は、「本当のことを教えても信じてはもらえんしなあ、まあ良いか」と顎をなで、振動に身をまかせながら、うたた寝に入っていった。

5　小さい事務所

Ｈ市に戻った吉国は、連丈町に事務所を借りた。自宅では電話や来客、その他いろいろと繁雑になるし、静かな今の生活環境を、乱すことは避けたかった。それと、もう一度、通勤、退社と「アフター5」の気分を味わいたいと考えたのだ。

大通りから二本目の通りで、両側を金融関係や飲食店などが入ったビルにはさまれた、四階建ビルの最上階に空室があって案内が出ていた。敷金、家賃、地下に一台分の駐車場がついていて、場所も値段も手頃と選んだ。

他に電気、ガス、水道は使用量料金を、共用のトイレなどの公共費も必要だが、首肯できるもので契約をした。広さ約六坪。天井や壁はアイボリーホワイト。腰板の高さまでは淡い緑色で仕上げられ、落ち着ける配色なのが気に入った。小さな応接セットを一組、机椅子は二脚ずつ、書類戸棚とロッカーにホワイトボードを借りた。不足ならまた借り足すとして、スタートはこれ位で、と決めたがこれ以上に備品が増えると、通行に差し支えるほどの狭さだった。

看板は入口扉の磨《すり》ガラスに、吉国が自分で「人口調査研究支所」と書いた。昔とった杵柄のレタリングの腕が久々に役に立った。パソコンと電話機は一台ずつ、ポットやコーヒーカップは自宅に眠っていたものを持ちこんだ。経費の大半はS銀行から借りた。バブル後期だったが、ちびちびへそくった二十万入りの預金通帳と年金証書を見せ、ベンチャーとしての企業内容を強調。省庁との関連を匂わせると、貸付先を捜して押しつけるほどの時勢の追風もあり、一夕の宴会と洋酒の手土産で成功した。半年あとなら「貸し渋り」が始まり駄目だったと思う。

壁に数字がはっきり読める手巻きの古い大きな時計をかけ、折り畳みの簡易ベッドと装飾用の油絵も準備した。ベッドは退院後、続けている午睡の習慣と緊急避難的必要性のためであり、二十号の油絵「静物」は、四十歳の自作品で変色し古びた感じが、飾ってみると体裁を保つのには、役立っていて一人でにやついていた。

6　中山朝美の入所

吉国は典型的なアナログ人間で、パソコンやワープロは苦手というより嫌いである。若い頃でさえ「電気は見えないから信用ならん」とうそぶき、真空管も難解だったがそれでも、五球スーパーラジオを組み立てたりしたのだが、半導体以後は全然だめ、歯が立たないのである。しかし、今ではパソコンがなくては、情報の入手や送信も遅れ、業務にも差し支えると準備はしたのだが、どう力んでも使いこなせない。仕方なく堪能な人をと求人誌に載せた。

年齢　二十五歳前後（明朗で健康な人）
資格　パソコンに堪能な人（男女不問）
所遇　公務員を参考（他は面談で決定）

四人が応募してきた。最初に来所したのが三十歳の朝美で、男児一人を養育中の未亡人。化粧も薄い口紅だけ。身長一五八センチ、体重の記入なし。色白でポッチャリ、純日本風で好印象。

あと二人の女性は二十代だが、一人は茶髪、一人は黒髪。違いはそれだけで他はやたら似ていた。ともに化粧が濃く背が高く手足が細長い。プラダのバッグその他のブランド品で決めているがそぐわない。パソコンは使えるが話し方は語尾が急に上がり、末尾をデェー、ダカラアーと引きずる。おつきあいは勘弁ねがうことにする。

一人だけの男性は二十四歳、身長一七五センチ、体重四七キロ。眼鏡をかけていて、蟷螂《かまきり》を彷彿とさせる。パソコンは雨垂れ程度で「勉強中です」と素直なのは良いが、神経質そうで「もう一つやな……」と不採用にした。

二日後、葉書で不採用の主旨を丁寧に書いて発送し、朝美には採用通知を出し、翌週のはじめから出勤してもらった。

朝美は主婦兼母親でOL経験もあり、朝の挨拶から動きも軽く、良く気がきいて、活発な立居振舞に「見る目に狂いはなかった」と珈琲の香と味にうなずき、和やかさを増した雰囲気に満足していた。

＊

吉国は仕事や環境などに馴染んでもらうため、そして怪我や事故を防止するための事前指導をすることにした。関連のある役所などの確認、電源に鍵の収納庫、消火器の位置、非常口に避難経路や警察、消防への連絡方法なども念を押しておく。

「少し話がかたいけれど、最初だけだから我慢して聞いて下さい。心がけの第一番は健康と安全です。病気になっては、勤めも面白くないし続かない。怪我や生命の危険は絶対に避けるようにね。ああ、かたい話だなあ。アメリカの小話にね、『速記者と電話交換手、先生の三人のうちから恋人を選ぶとしたら？　という問いに私は迷わず先生を選ぶとの答え。何故なら、速記者は早すぎるし、交換手は途中で切ることがあるけれど、先生は納得がいくまで、教え交際《つきあ》ってくれるから』というのがあります。教えることの大切さを強調するのに、笑い話を使ってるよ。アメリカらしいね」と言うと朝子は相好をくずして笑った。動機づけは成功したようだった。

「人口調査だから全国の変動を詳細につかみ、特に高齢者（七十歳以上）の割合と、寝たきりの人数を注視する。医療介護費は市町村政の予算にとり、重圧になりつつあり、補助金にも関連してくるので、レベルを決めておき、低レベルでは緑色《グリーン》、警戒域になると黄色《イエロー》に、超過時は赤色《レッド》と色別をし、黄色《イエロー》以上は関連省庁にデーターを送る。

特に赤色《レッド》は緊急で、本来は省内でも可能な事務だが、情報公開法により、住民やマスコミから資料請求されると、人権問題化される可能性もある。

そのような懸念をなくすため、柔軟性に富む民間シンクタンクなどの情報を活用する、という建前でうちの資料が、分析が詳細で適切、正確で、レベルの色別なども良いと信頼され、採用されている。

君の仕事は、省のコンピュータと連結を密にし、データの変化を送付、記録もする。赤色が出たらすぐ私に連絡して下さい。徐々に覚えてもらえば良いですが、その他色々な雑用も生じると思うけど、見てのとおり君と私しかいないので、協力してやっていこう」

「良いですか」と聞くと「ハイ」と頷く朝美。「これで決り。ああ、肩が凝った」と、肩を上下させ叩く大仰さに、「オホホッ」と柔らかく明るい笑い声が、空気をなごませた。

*

吉国の出勤は早い。中間管理職が長かったので、部下に遅刻や病欠、私用での欠勤、事故などの急変発生時、早急に対処して事態を収拾する必要から、部下より早く出勤するのが習慣になっていた。そんな行動が職場の上下から信頼され、大過なく定年を迎えたのが習い性となっているのだ。また開所後は彼一人だったので、否応なしにやらざるを得なかったのだ。ガスの元栓をあけて湯をわかし、ブラインドを上げ、机の上、電話器、書棚と雑布をかけ、床の掃除に屑籠などのごみ出しまでを行う。

逆に動かぬときは読書をしたり、新聞を読みながらうたた寝もする。要は気紛れである。朝美は驚いて「私がやりますから」と言うが、「好きにさせて、趣味のようなものだから」と言う吉国に呆れて、「そうですかあ」と任せる形をとっていた。彼が動かないときを見計らって処理するようにしたのは、賢い母性的な寛容さだと吉国は思っている。

7　招かれざる客

朝美が入所して、半月をすぎた頃のある日、ドアがノックされ、一人の中年男性が入ってきた。商社などの営業課長を思わせる、地味な服装で、挨拶も丁寧で礼儀正しい印象と思ったのが誤りだった。

少し声をひそめ「あるところから聞いたのですが、こちらに相談すると、人間《ひと》を始末してもらえるそうで……」優しい口調とは裏腹に内容はきつく恐ろしい。吉国も小声で「えっ、誰の話か知りませんが、ひどい話、中傷ですよ。ここは看板どおり人口調査研究所でして、高齢者が人口に占める割合や、それが自治体に及ぼす影響とか……」みなまで聞かず「ジャカァシイ、手前《てめえ》んちの商売内容は関係ねえ。人間《ひと》の始末ができるのか、できんのか聞いとんじゃァ」態度急変、一変、豹変である。

やくざ者は派手なスーツ、または黒ずくめにパンツ、コンビの靴とサングラスが定番、は間違いですぞ。このように一見、会社員風もいるのです。「おおこわ……」だからこの手の人種は困る。血の気が多く、カッと急転直下、キレ易い。「噂だけじゃないんじゃあ」と睨《にら》み肩を怒らせる。こうなれば奥の手を出す、いや見せるより仕方あるまい。

吉国はいきなり上着を脱ぐと椅子の背にかけ、ハッと相手が身構えるのを無視してベルトを弛め、パンツと下着をへそ下までさげ、次にシャツを裾から胸の上まで捲りあげる。「キャア」は朝美の悲鳴。「見て下さい、この体を」中東の首府では、兵士が驚いた体と手術痕である。「こんな体で何ができますか。あとはこの娘《こ》しかいませんし、根も葉もない噂でしかありませんよ」と説明し、急いで服装をなおした。陰毛が見えていた。

相手は凄まじい傷跡と、肋骨が見えるやせた胸などを見せられて、度肝を抜かれると同時に、納得したか目を見張り、棒立ちになっていたが、「あっ急用を思い出した。先刻《さっき》の話は聞かなかったことに。忘れてくれ」と言いおいて、あたふたとドアを音立てて閉め、急ぎ足で帰っていった。

椅子に腰をおろした吉国に、朝美は「ああ、びっくりした」トレイを胸に抱えて溜息をつく。「怖かったかね」と聞いたら「課長がいきなりズボンをさげるんですもの、ショックでした」顔を赤らめている。何のことはない、やくざ者が怖いのではなく、男の陰毛のほうが衝撃だったとは。度胸のほうも大したもんだぞ、と吉国は顎をなでてニヤついていた。

8　運転資金

開所に必要な支払いも済み、形だけは整ったが、すぐ収入がある訳はなく、銀行も貸し足しには渋い顔で見込みがなく、差し迫って運転資金が必要になってきた。この際、売込みも必要だと考え、市内の万年町に丸浜組の「おやじさん」を訪ねることにする。まだ風は肌寒い。

丸浜壮吾は七十歳。偉丈夫で昔気質の、残り少ない侠客である。知り合ったのは、吉国が公務員時代に、部下が単車で組長の乗用車と、湖畔の信号機のない交差点で、出合頭に衝突したことが縁だった。車には組長は乗っておらず、運転手が無断で女友達を乗せてドライブ中だった。二人とも無傷で車も軽度の損傷で済んだが、部下は負傷し単車は中破した。部下の方に非があり、修理を前提に示談交渉をした。薄給の部下には金銭的余裕はなく、吉国は素直に苦境を話して、可能な範囲内での誠意を見せた。物おじせず筋を通した態度に、おやじさん（以後、そう呼んだ）が惚れこんで「クラウンや銀馬車に行ったら、儂の名前を言い、気軽に飲んでいきなさい、金などは良いから」と、傍らの髪を高々と結い上げた、四十代後半の女将にうなずかせたのだ。

入口の軒には組名入りの提灯が横並びに吊りさげられ、案内された二階の和室には、鹿角製の刀掛けに日本刀の大小二振りと許可証も飾られていた。事故当日、刀を抜き、手入れをしながら話す組員に、部下はビビってしまい泣きついてきたのだった。修理は一週間ほどで完了し、示談書を交換したが、金は受け取らなかった。「聞けば、ドンとぶち当ると、フロントガラスから見えなくなるほどはね上り、ボンネットにドスンと落ちたそうやで」と、部下の負傷を心配してくれ「物は傷んだらなおせば良いが、人の体の傷は軽く見たらアカンぞ。この先、困ったら何時でも儂のとこへ来なさい」と別れていた。

十五年ほど経つが、飲みにも相談にも行かなかった。面会を頼むと、肩をいからせ突慳貪《つっけんどん》に応待した組員は、吉国を見るや相好を崩し、肩を抱かんばかりに「これは珍しい、よう来たよう来た」と歓迎する組長を見て急に態度を改め「どうぞこちらへ」と、丁寧に案内した。ビールを出そうとするのを、吉国は喉の手術痕を見せながら断った。組長はお茶を給仕した女性を後妻だと紹介した。先妻は三年前に亡くなったそうだ。後妻が退室したあと、吉国も大手術や長い入院をし、回復に四年もかかり、今でもこの程度だと話を続ける。おやじさんも右手が震え、右足が不自由なので話は良く合い、弾んだ。

自力で開所したとは言わず、研究所に就職した旨を伝え業務内容を簡単に話した。研究スタッフが「特殊波動」を開発したこと。その特徴や効果を力説、厳しい規制があるが、もっと実験の必要があること。高齢者にはもう実績もあり、確認されてもいるが、壮年者にはどうなのか。壮年者で実験台にできるような、たとえば社会のダニ、外道とされ迷惑や害を及ぼし、困っている例はないだろうか。吉国は事前の調査が専門で、その資料を十分、検討してから波動の送否が決められること。熱も音も、光や衝撃、出血もなく、傷もつかず、ほとんどが「心不全」と診断されることなどを、不明瞭な言葉と声だが、熱心に説いた。

丸浜は真剣な表情で聞いていたが、右手を震わせながら、「儂がこのザマになり、自分の頭の蠅も追えんのでな、他人様を悪しざまには言いたくないが、どうにも我慢ならんのがおる。昔の儂なら正面から乗りこんで、押えもできたが今では駄目だ。それを良いことに、野放図をやっとる。真当に渡世をしとる仲間うちでも鼻つまみもんや、ために、ならん」

「それほどなのに警察は動かんのですか?」

「悪知恵の働く奴で、法すれすれのことをやる。警察にも情報は入るが、尻尾をつかまれんようや。陰では弱いもんに無理のしたい放題、高利をとるうえ、カツ上げに近い取立てなど、酷い外道や。そのため、店を閉めたり、夜逃げしたのもいて、噂が広がり新しい商売をする者もなく、町が廃れてきた」

後妻が新しい茶を奨め、おやじさんの口許を拭き、襟合わせをさり気なくなおし、軽く一礼して部屋を出て行くと、暫時、空気が揺れ冷えた。

「うちに調査をさせてもらえませんかね。実験台にかなっていると思いますが」

「素人さんに頼むのは変な話じゃが、貴方《あんた》のことだ、頼むとするか。あの外道が片づくなら礼は弾むが……」礼金の話はおやじさんから出た。

「ではお宅の依頼という形は取らずに、自主調査という線で進めさせてもらいます」

「期間はどれほどいるかな。準備もあるで」

「半月ほどで十分でしょう。ですが他には絶対にこれで……」と、口に人差指を立てて念を押すと「儂も男や」分厚い胸を叩いた。

早速、桜川企画の社長、名は源次五十七歳の身辺調査に入る。陰ではゲジゲジと呼ばれている源次は、県境に近く林業が主体の町で生れ育ち、H市に出て腕力と押しとアクの強さでのし上がった。サラ金、パチンコ、バーにレンタル業と手広くやっており、出生地や現住所周辺での評判は極めて悪い。

あるバーの傭われマダムは、「殺してやりたいよ」と唾を吐く。ホステス時代に、酒で酔わされ、強引に関係されて、あとは「もう俺の女」をキメこみ、好き放題のし放題。

何度か逃げ出したが、捜され連れ戻すと暴力を振い「店を持たせる。逃げることは許さん。子供がどうなっても知らんぞ」と、家族を人質のように扱い縛りつけ、働かせて売上げは毎夜、ほとんどを取り上げ、時に力づくで抱いていく。嫉妬深く、客と話をする態度があやしい、と撲られたこともある。生活費をかつかつしか渡さず、行動を縛るケチでもある。「私だけじゃないわ。何人もが泣き暮らしているのよ」と柳眉を逆立てる。凄いほどの美人だった。

また「俺は半月は女を替え、違うのが抱ける」と豪語し、自殺未遂者もいた。焼肉にキムチ、漬物が好物で、明太子を肴に酒を飲む。酎ハイが主で酔えれば良いとの話。ヘビースモーカーで女が大好きだが、博打《ばくち》はやらず「飲む打つ買う」ならぬ二拍子を続けている。子供はいない。

吉国も資金の借用を頼んでみたが「調査研究だと。そんな訳の分からんもんに貸せるか。日銭が入る商売やないとアカン。駄目や」と一蹴された。金銭に関しては動物的な勘の持主のようで、社員たちも怯えている様子だ。

もう調査は終了したような気持ちになったが、慎重に念入りにと「半月の女達」の裏付けを取りに、薄暮の町へ出かけていった。

警察でも六《ろく》さんに紹介してもらい話を聞くと、「相当な悪《わる》だが、民事ということもあって手が出せん。歯がゆいし口惜しい……」との返事。それでも月初めから十日間は、休養やスタミナ回復に当て、残りが各店の監督や集金。ついでに女という行動パターンがつかめた。

送波は月末と決め、おやじさんには電話で「念波《なみ》を送ることになりましたが、口外はせんで下さい」「わかった、頼むぜ」諒解をとり、休養日前の終業間際に店に行き「是非、お願いしたい」と頼んだが、顔を真赤にして「商売やないと駄目やいうたやろが。帰れ、かえれ」と喚きちらす。「どうしても駄目ですか、では」と近づこうとする桜川に頭を下げ合掌し、三分遅延の念波を送り、扉をあけ廊下へ出て、閉めようとした視野に、音を立て椅子に腰を落としたのが入った。「効いたな」確認して歩き出すと、内部が急に騒がしくなった。

外に出るともう宵闇が覆いかぶさってきていて、「フウー、南無……」と念波の放射で消耗し、ふらつく足取りで「千鳥」に向かう。「今夜の雑炊には、生卵を二つ落してもらおう」早く飲酒食して、体調を並みに戻さなくてはならぬ……。

翌日、地方紙の夕刊に「桜川社長（57歳）心不全で死去」と載った。おやじさんから「おおきに、町も皆も助かったよ。礼は届けるから」と簡単な電話があって、一件落着と思った。しかし三日後、六角《むすみ》刑事が来所して「貴方《あんた》もサクラファイナンスに行ってたそうだな、社長が急死したんで皆に話を聞いとる。宜しく頼んまっせ」と、冗談めいた言いまわしだが、目は笑ってない、これは注意信号だ。疑っていて、裏腹に緊張をかくそうとすると、言葉は逆に柔らかく、冗談めいてくるのだ。

「ええ、金を貸してもらおうと思いましてね」二度行った経緯《いきさつ》を話し「赤鬼みたいな顔で、商売でなきゃ駄目だと凄い見幕でしたよ。早々に退散したんですが、亡くなったとは……」「社員達もそう言っとるがな」コーヒーを勧めたが「ちょっと急ぐのでね、これで二度目かあ」と謎めいた言葉を残して帰って行った。

おやじさんからの礼金で、運営は円滑にいき出したが、気が重いのは否めないのだった。二ヶ月後、丸浜壮吾は亡くなったのに「人の口に戸は立てられず」の諺どおり、その後静かに噂が広がり「変な客」が訪れ、ズボンを下げ傷跡を見せることになる。

9　朝美の歓迎会

水も微温《ぬる》み、盛りのついた猫が体の火照りを絞りだすように、そこかしこで喚《おめ》いている。朝美の入社から二ヶ月がすぎた週の金曜夜、「歓迎会」を畠町のすっぽん料理屋「富久徳」に準備した。遅くなったのは朝美の都合からで、子育て中は何かと予期せぬことも起り、日時をなかなか決められなかったのと、吉国の人柄などを、慎重に見定めてから承諾したのである。

端午の節句も近く、H市の祭もすぐで、夕方には祭囃子の練習が熱を帯びるが、当日は涼しいくらいで、鍋料理には好適といえた。

早目に机の上などを片づけ、朝美の身支度を急かして鍵を閉め、歩いても五～六分なので、会社帰りの勤め人などで、一時《いっとき》、賑やかさを増した商店街を、話しながら素通りし、病院裏の小路に入って店先につく。

玄関で「お待ちしてました、どうぞ……」と迎えられ、奥の一室に案内される。二人だけの宴会には贅沢な和室で、間をおかず女将が「本日は富久徳を御利用戴きまして……」恒例の丁重な挨拶に「もう、こんな二人だけだし、固いことはぬき、抜きで」と催促。相当な大木からのどっしりした和卓には、鍋、皿、鉢、箸置きなどが並び、「お絞りを」勧めた仲居が、お酌をしようとするのへ「今晩はこちらの歓迎会だから、主役はこの人」と言うと、心得て朝美に「どうぞ」「済みません」ビールが注がれるのを待って「祝入社、乾杯」「カンパーイ」とグラスを合わせ、朝美は綺麗な喉を見せて飲んだ。うむ、かなりいけそうだぞ、「これが済まぬと、新入社員のレッテルが取れないのでね」つき出しは、すっぽんの肝の佃煮で美味。小ぶりのワイングラスに色鮮やかな生血が入っていて、仲居が説明し勧める。「私、これ飲めるかなぁ」と弱気な面も、「お酒で割ってますし匂いもなく、どなたも軽く飲んでいらっしゃいますよ」と見守るなか、グウと一気に飲んだ。拍手と褒め言葉、「飲《い》けるいける、体にとても良いんだ。生血は成長したものでも、盃二杯くらいしか取れない貴重品なんだよ」「生臭さを気にしたんですが飲みやすいですね」

Ｈ市はすっぽんの養殖がさかんで、以前は全国一の出荷量を誇ったが、今は年間六十〜八十トンが東京、関西方面に送られる。天然に近いものにするため、冬眠をさせて三年ほどかかるが、他所の温水利用で短期育成したものに比較して、「脂が乗って出汁が良くとれる」と専門の料理人には好評。一キロ五千円前後と高価だが、滋養強壮と美容にも効果があると、男女ともに評判は上乗。富久徳は老舗で、ＴＶでも紹介されて……などと蘊蓄をひとくさり。

次々に揚物やおひたしの小皿も出て、鍋も煮立って、食欲をそそる音と匂が部屋にひろがり、手を摺り合わせての待ち兼ねた様子に、「もう良いですよ」小鉢によそってくれた。すっぽんや三つ葉を食べ始める。思わず頬がゆるむ。「美味しいんですねぇ」と、朝美は感嘆、賛嘆しきり。すっぽん料理には酒が合い進む。滋養と美味に加え酒の心地良い微酔《ほろよい》が口福となり、目の縁から頬を染め、話が弾み陽気な笑い声をたて、鍋の中もみるみる空に近くなる。雑炊の準備に仲居は忙しい。鶏卵と野菜が出汁にようくなじみ、渾然一体となって美味を醸しだす。お替りもして「あぁお腹が一杯、満足まんぞく」と吉国は後の柱にもたれ「懐に金、前に料理、後に柱、右手に女、左手に酒、これぞこの世の後生楽、なんだが私にはあまり縁がない。テヘへ……」と、おだを上げるころ一次会は終宴となる。

会計を済ませ外に出ると、もう暗闇で、ネオンが明るく輝やいていた。「さあ二次会だ」と、少し足許がふらつく朝美の腕をとり、エスコートの体勢。「二次会はカラオケで唄える所が良いかな」「お任せします」のやりとりの後、近くにある「八幸」という小体な店に入る。「あら、いらっしゃい」と美人女将が迎える。元旅館の嫁だったが、宿泊客の減少と、主人の病死で閉め、移転して看板はそのままに、スナックを営業していた。吉国は先代女将の頃から、社の宴会などに多用して、信頼もされ家族室にも出入自由を許されていたが、関西、中国の転勤先から八年目に帰ってみると、旅館は消え駐車場に様変りしていた。後日、友人に場所を教えられ、再会を喜び常連に戻っていたのだ。カウンター内で忙しい太目の女性、通称チャコちゃんも、旧旅館からの馴染なのだ。

お絞りがでて「酎ハイお湯割りで」朝美にはウィスキー・コークを注文。「カ・ン・

パ・イ」をすると「アラこれ美味しい、初めてよ」。

喉が湿ると歌曲集が出る。「あなたもどんどんやって」と一冊を渡す。「入ります」女将に促されマイクを持つ。客は中年のおとなしい男女一組だけ。「雨にかすんだ御嶽山を……」と唄い出す。朝美は微笑み手拍子をとっていたが、終ると「うわぁ、上手なんだぁ」。客も愛想で拍手をしてくれる。会釈をかえして席に戻ると「早く唄ってあとは飲み専門、これが私の流儀だ」と、お替りの催促。次は朝美が「良い日・旅だち」を艶と張りのある声で唄う、上手だ。「良いぞー痺れたぁ」と手指をふって見せると、笑いこけている。盛り上がって女将や他の客も一通り唄い終って中休み。

流れているBGMを聴き「踊ろうよ」と手をとる。「今夜は楽しいなぁ、こんな楽しさ初めて」うっとりした風情、リードに合わせステップも軽い。狭いフロアで数歩も進むと植木やテーブル、壁にも当る。動きの激しい曲は踊れないので避け、佳境に入ったころ、右足を深く踏みこんでターンをする。朝美の体が右膝上に重心を移し、両股と付根が押しつけられ、回ると両手にぐっと力がこめられしがみついてきた。三回ほどターンをすると、固さがとれ全身でもたれてさらに密着。豊満で成熟した素晴らしい女体が、さらに熱く喘ぐような息づかいになる。吉国の火照り具合も酒精《アルコール》の酔いだけではないようだ。「三十後家はたたず」は至言、しかし、と懸命に押さえることにして、女将にタクシーを頼んだ。放心の間が、運転手の声と顔で消え「歓迎会を終わりまーす」と外に出て、朝美をタクシーに乗せ「お休み」というと脹《ふく》れ面で手招きをするので、顔を寄せると「有難う楽しかったです、弱虫さん……」と小声で言い、手を振り帰っていった。

もう終バスはとうにない。帰宅しても閉経後の妻は女を失いつつあって、鼻にも歯牙にもかけはしない。今夜の幕は事務所の簡易ベッドで静かにおろそう。次はもうどうなっても知らん……。

10　たまには脱線

吉国の休日は趣味や読書、歩行運動などで再充電を図ることが多いが、時にはポルノ映画館やストリップ劇場を覗くことも嫌いじゃない。油絵やイラストも趣味にする彼は「女体は神が創造し給うた芸術品」「男は嫌い、女が大好き」と男友達には公言する。もちろん神様にだって失敗作や手抜き？　もあるが、セクハラのうるさい時代だから、女性の前ではおとなしくするよう努めている。

仕事が空くと、というか暇な方が多いのだが、通販で購入した私物の簡易組立卓球台にMクリン社の鉄道模型をセットして走らせて楽しみ、気分転換を図っている。レールの周囲におく停車場や教会、建物に鉄橋、トンネルなどは製図からの手造りで、こんな趣味の持主でもあった。セットは関西のHデパートで買った輸入品で、精巧無比といえる。

小型の蒸気機関車と連結する客車三輌はオリジナル。油槽車、ワイン、麦粉、鉱石運搬車は、都心の天界堂で買い足した。種類はレール幅16・5ミリ、縮尺1／87に作られているHOゲージで、最も大きいものをOゲージ、小さいものはN・Zゲージがあり、設置場所の広さで選択ができる。制御器でスピードの変化や、前後進・停止も自由自在、ポイントを切り換えて、支線への走行も楽しめる。

汗で汚れぬようにと白手袋をはめ、レールの接続を始めると、鼻唄や独言が洩れ夢中になるから、朝美もその完成走行は楽しんでいて「目の輝きが違ってきますね」などと冷やかす。「気持ちゃ頭が子供並みに戻るからね」のやりとりから漫才調となってくる。接触不良で動かぬ時の真剣な表情や、走り始めた時の満足気な笑み、速度を出しすぎ脱線したときの、しょげ方や心配の仕方など、なるほど子供並みである。

発煙剤を煙突に入れると、機関車は一人前に煙をなびかせて走る。目線をレールの高さにすると、スポーク動輪とロッドの動きは、少年時代に踏切りでC57やD51などに胸ときめかせた頃にタイムスリップでき楽しい。

11　国際電話

「ルル、ルルル」電話の呼出音には、吉凶、緩急とり混ぜて、期待や不安をもたせるものがある。「Hello. Is this P.I.R?《人口調査研究所（P・I・R）ですか》 I'm《私は》 Bank of SWISS,《スイス銀行の》 Ernst《エルンスト》 Boove《ブーブです》」スイスからである。訛がきつく分かりにくい。「あ、うう Pardon《もう》 me?《一度……》」を繰り返して録音し、「Inform《ボスに》 my《伝える》 boss.《多分》 That's《OK》 probably《だろう……》 OK……」と終ったが通じたか？　掌と脇の下に汗をかいていた。

朝美がインターネットに紹介してみたら、某国から依頼がきたのである。録音を二人で苦労して訳したところ、中東の某国を調査して欲しい。「Transfer《P・I・Rの》 to P.I.R《口座に》 a Bank《振り込んだ……》 accont……」残りは調査終了後に。国名、対象などの細部は文書で送る。方法は一任するというものであった。「これは悪戯じゃないのかね」「違うと思いますよ」のやりとりの三日後、本当に人調研（P・I・R）の口座に、いかに吉国が貧乏性で大金とは無縁とはいえ、それでも息をのむほどの額が振りこまれて、「もう調査するしかないなぁ」「大丈夫ですかぁ」と気遣うが、「今はPRの時代ですよ」の言葉は棚上げされていた。

さらにその後、封書が届き細部もわかったが、朝美への説明は、国や内容などは違うものにして簡単に済ませた。翌日からの忙しさは、二人にとっては目が回るほどだったが、観光ビザの申請、搭乗券の申込みに旅行準備と、以前に妻と行った香港、シンガポール、タイへの五泊六日の旅行経験が生きて、順調に進めることができた。そして成田からCX航空《キャセイパシフィック》で、タイ、インド経由で中東の某国首府に着き、プロローグの出来事となったのである。

「指導者倒れる」のニュースは、TVで世界中に波紋をひろげ、H市でももちろん話題になったが、吉国が関係していたとは誰も知らなかった。頭のこぶや顔の痣は、違う国を観光中に、不審者扱いされ取調べで撲られた、と説明したが「羽目を外したのでは?」と、ドジな行動を責める口調に終始したのである。わざと目立つよう、シャッターは押さずに女性や行進中の兵士にカメラを向けて、捕われたのを話す必要はあるまい。その国はその後、独裁体制から国連の監視と支援も受けて、民主国家に変りつつあった。

某国機関は資金力により、自らの手は汚さず、目的を達成する戦略を用い、吉国の行動もすべてが掌握されていたとわかって、「うまく操られたか。ま、良いか」一瞬、渋い顔をしたがすぐ平常に戻した。

事件後、某機関は調査レポートも追究はせず病死の疑いとしておおらかで、Mr.Booveから電話で、契約終了を告げられたのだが、朝美に頼んでインターネットから閉鎖してもらった。恐い目や痛いこぶ、痣を拵えず、体力気力の消耗もせずに念波放射はできないものかと真剣に考えこむ。「こんな金は早く使うべし」とS銀の残ローンを完済、行員の愛想笑いは不信の裏返しだったとわかった。

12　病院大変

都心の、ある私立病院から「助けてもらいたい」とのSOSである。

暴力団の組長が糖尿病の初期で入院、治療して回復したのだが退院せず、政治家の秘書が自殺して、ニュースにもなった事件に関連しているようで「隠れ蓑」に使われ、困っているのだ。「入院はまだしも、傍若無人な行動で乗っ取られ寸前……」との話。廊下には組員が右往左往し、食事などの搬入で出入りも激しく、駐車場も一般客は近づけないとか。

半年すぎると他の患者や見舞客、付添いも恐がり、転退院が続出。新規患者は減る一方で、看護婦も辞め支障も出始めた。仕放題は自分好みの食事を、日に二回と夜食を運ばせる気ままと、水商売風の女が入れ替り、立ち替り出入りして酒の相手をし夜は泊っていく。ダミ声、嬌声と騒音は尾鰭をつけて、口コミで広がり病院の評判は急落していった。「信用や評判を良くするには、長年月が必要だが、悪くするのは短時日で済む」ものなのである。

院長が退院を促しても「金は払うんやから、ええやないか」と無視され、警察にも相談してみたが「事件ではないので……」と遠回しに断られた。万策つき友人のH市の開業医に愚痴をこぼしたところ、教えられて藁をもつかむ心境の頼みだった。「では一応、調査させて貰いましょうか」と引き受けた。

翌日、新幹線と電車を乗りつぎ病院へ。建物は道路に南面がコの字型に開く淡黄色に仕上げられた、お洒落な四階建て。二階中央の院長室で行状を詳細に記したものを見せられたが、どうも態度がよそよそしい。お茶の一杯も出ないのだ。「白衣を貸して下さい」と着換えて各階を歩いてみる、調査開始だ。三、四階は入院患者が在室しているが、さすがにだいぶ空いてきている。二階の北西隅の特別室が問題の場所。廊下に二人の組員が歩き回っていてガランとし、他に人影は見えない。「これはひどい」一階が検査や手術、治療室となっているが、音も話し声も聞こえない。引き返して念を押す。「本当に入院加療は必要ないんですね」「ああ、間違いないですよ」返事が突慳貪なのは、こんな初老で発音も不明瞭で、貧弱な男に難問の解決はできぬ、と判断したのだろう。

「これから病室に行って、状況を確認し事務所に結果を報告します。すぐ念力波が送られてきて、組長は退院せざるを得ない状態になりますので、あとの処置は頼みますよ」

「………」返事がない。まだ疑心暗鬼なのだ。

小さな工具箱を下げて奥へ進む。サングラスの組員が肩を怒らせ「どこへ行くんじゃい」と凄んでみせる。ここでも何故か関西弁風だ。「医療審の検査が厳しいので、酸素などキチンと点検してないと、業務停止させられますよ。すると組長さんも病院におれなくなります」と言うと「待っとれ」ドアをノックして入り、打ち合せたと見え「入れ」と顎をしゃくった。

合掌の挨拶をしながら「失礼します」と部屋に入るとなるほど、これはこれは。組長の膝の上から丸裸に近い体をずらせた茶髪の女は、「ふん、良いとこだったのにィ、野暮天」と剥《む》れている。「どうも済みませんね」謝って、壁の酸素コネクトを押し、「クシュクシュッ」と出して試し、備えつけの点検表に日付けと、✓印に署名して入口まで戻る。

携帯電話を出して「終りました」と声に出し、あとは通話の体で合掌し、頭を下げて五分遅延の念波を放射、苛立って「出ろ」と手を振る組長に、会釈を返して院長室に戻った。

院長の前で携帯電話を出し、「ピッポッ」と呼出し動作をして「ああ私です。調査は終りました。念波を送るよう所長に伝えて、私はここにいるから」と言って切り、やっと出された渋茶を啜りつつ、腫れ面の院長に向かって軽く頷いて見せたが真意は伝わってない。

やがて奥の病室から、悲鳴が聞こえたと思うと間もなく、組員が駆けこんできて「組長が倒れた」と院長の腕をつかみ、引き摺るようにして行く。後から覗いてみると、院長は婦長達と忙しく蘇生処置を施していたが、心電図、脈拍、呼吸とも回復せず「急性心不全でお亡くなりになりました」と時刻を告げて、聴診器をポケットに仕舞い、清拭などの処置を指示した。組員達と女は動揺が激しく、電話をかけたり「どうするの」など慌しくなってきたが、やっていることは支離滅裂といえた。

63　12　病院大変

しばらくすると黒塗りのリムジンが着き、髪を高く結い上げ、三人の男を従えた中年肥りの女が、足早に病室に入ると口論が始まった「お前が殺したな」甲高い声にバシッ、ヒィー、キャッなどの音や悲鳴が続き、廊下を踏み鳴らし茶髪女が、泣きながら駆け出していった。病院側の処置が終り、組長は白布に被われストレッチャーで運び出されて、リムジンに移され、入院の費用などはしっかり支払わされた後、水鳥が飛立つように去った。

正に台風一過の状態で、病院には久しぶりに平穏と静寂が戻ったのだったが、「ふう」と紫煙を天井に向けて吐いた院長に、もう長居は無用と「ではこれで終りましたので帰りたいのですが、残金の方を」と水を向けたところ、今まで怯え萎縮していたのが、横柄、尊大な態度に急変し「あれは、不摂生と荒淫が原因で心不全を起したんだ」念波のせいではない、という表情、口調である。「それじゃ約束が違います」と言いかけると、「だからぁ念波とやらのせいではなく、病死なんだから……」とはっきり口にした。仁術より算術に長け、しかも性悪ときた。「あ、そうですか。ではと携帯電話を手にボタンを押し、「ああ事務所かね。院長は念波のせいじゃないと信じてもらえないので、もう一度、念波を送ってくれないか」話すふりをしながら、携帯電話でカバーし、片手掌で念波を放射する。念波は片手だと弱くなる。

途端に院長は体を硬直させ、吸い差しの煙草を落して胸を押え、椅子から滑り落ちた。顔は蒼白になり「ま、待って。止めてくれ。わかった払う、払うよ」手を顔前でふり、拝む。「わかったそうです」携帯電話を仕舞うと、院長は震えながら金庫をあけ、残金を取出して寄越した。何も言う気にならない。今回はさほど、憔悴しなかったが気分は滅入っていた。

「人間って奴は、弱り困っている時は、心底を見せて頼るくせに、立場が少しでも変り、良くなると心や態度までガラリと変り、見せた弱味に倍旧する威勢を示す」。困窮者が必ずしも誠実ではないのが「空しく寂しくて、哀しいなあ」紅燈弦歌の巷を横目に素通りし、駅に向う足取りは重く頼りなかった。

13　とまり蝉

朝美の化粧が少し濃くなり、表情も明るくなって、匂いたつ満開に近い花を思わせる。服装も半袖や薄着が目立ち、心身ともに軽やかになる良い季節である。

仕事はいつものとおり昼前には片づき、今日も来客なしの気配だ。朝美とは歓迎会後の意味深な科白から、何度かの夕食や宴会、あとのカラオケやダンスで急接近し、最近では会話の主導も移り、露骨ではないが挑発的でもあった。昼休みはいつも楽しい。

昼食は評判の、ミキノの幕の内弁当を朝美にも買い、美味しく淹れてくれた緑茶を啜りながら済ませると、満足した食欲の次は睡眠欲を満たすこととする。ソファで本を広げ、読みながらうたた寝に入っていく。朝美は隣の電気店のＯＬ達と商店街を冷やかしたり、おしゃべりを楽しんでくるのだ。

完全空白の時は約三十分。ドアが開く音で目を覚ます。彼は、落ちた本を拾いあげ、涎は出ていなくとも、念のため口許を拭う。「ただいまぁ」に「おう」と大きな欠伸と背のびで応える。次いで習慣である頭から足先までの体操のあと、顔を洗うと完全に覚醒する。朝美の方は椅子にかけると、机にうつぶせて仮眠に入る。こちらも早く簡単で、三十分足らずだが、心身の休養には効果大で、上手な方法だ。軽い背伸びと「ほう」と口を押えて欠伸をすると「さてと」机に向う。

午後の仕事始めに、これは欠かせないとBGMを流すと、ハミングも聞かれる。首を回し肩を上下させている朝美に「肩が凝ったな」と横に立ち、額を左手で支え右手で後頭部、首筋のツボを押す。目の疲れにも効く。「ああ本当に上手」未婚女性では、セクハラになるのだろうが、母親主婦兼OLの朝美は、本当にきつい肩凝りに悩み、また交替で揉むなど、互助心からなので問題にはならない。

今日も吉国は朝美の首筋のツボを押し、それから少し下り肩甲骨の周りを拇指の腹で押した。背骨の両側を、両拇指を交差させ、入念に押していくが、椅子にかけていては半分ほどで限界。「今日は全身指圧といきますか」と簡易ベッドに移す。「良いですかぁ」と長くうつぶせになる。再び首から下へ、ゆっくりツボを押していくと、腰で豊かに張り出す見事なヒップとなる。尾骶骨あたりはショーツの形が鮮明で息を呑む。朝美の息が弾み腰に微動が走る。「ここを押して痛い時は、胃腸が悪いことがあるんだよ」沈黙は妙な気分を助長させると、語りかけるが喉が乾き、かすれ声になる。

「ハイ向きを変えて」一顔、二胸、三腹、四足の順に触れると快いとされ、美容院やエステが繁昌するのは、美への願望に加え、快いからではあるまいか。胸は直截すぎるので割愛し、臍の周辺も力加減が難しい。痛い、不快では失格、優しく心地良く。

マッサージは心臓に向うように行なう。膝上から太股に移るや、急に上体を起し「課長」と、しがみつくなり唇を強く押しつけ、貪るように吸い舌を絡めてきた。焦らされ熟れた女体に火が着いた。もうブレーキは効かない。「タンマ」ととめ、ドアをロックし急いで戻る。

濃厚なキスからのリピートですぐ復活、薄い半袖シャツの裾から手を入れ、ブラジャーの下に進めると、押し戻すほどの弾力と充実感に、温かさがたまらない。柔らかく揉み拇指と人差指で、乳首を抓《つま》み揉むと「アームフ」声が出て強くしがみつき、右手を下げ硬直した隆根をさすり、息弾ませてジッパーを下げる。催促のサインである……。吉国は避妊の結紮《けっさつ》手術をしていて、通院時の諸検査の結果、性病もなく「人畜無害」と常々、強調していた。スカートを脱がせ、白いショーツは尻の方から下げると、スルリと滑脱。雪の絖《ぬめ》肌に縮れ毛が煙り、隆根は青筋を立てだす。

秘泉に指をのばすと、もう熱湯の坩堝《るつぼ》。指圧が前戯役を果たしていた。吉国も急ぎズボンを脱ぎ、朝美を起すとBGMに乗って踊り出す。一瞬、怪訝《けげん》な顔をしたが離れまいと、躰をさらに密着させる。少し腰を落し秘泉に隆根の筒先をあてがい、進めると快い滑りこみで妙音が高まる。「うっ、あーん」膝を曲げて朝美の腰を抱えあげ、両足を吉国の腰に絡ませ「とまり蟬」の形になると、隆根は深々と浸透する。最奥で先端に触れうごめくのは子宮口か。その形で二、三歩踏み出すと「アー、アッ、アーン……」悲鳴状の妙音に強い反りとしがみつきが同時で、腰が痙攣《けいれん》し筒先から全体に熱感が走った、とPタイル床に「ボタ、ポタ、ボタッ」と愛液が滴り落ちた。絶頂だ。

「おろして、もうベッドにおろし……」と喘ぐ。簡易ベッドに横たえると「早く来てっ早く……」矢の催促。両足の間に躰を入れ「網代本手」に組合う。「ぐぐっ」と喉が鳴り、続いて妙音は高くなる。「送りは緩やかに、抽《ひ》きは速く」を繰返すと、血液も感度も沸騰する。今はとどめをと、一挙に律動を早めて、脳天に突き抜ける白光。全身を震わす快感と同時に、熱白の精を噴出する。朝美も躰を反らし硬直させると、夥《おびただ》しい愛液を溢れさせ、全身を弛緩させた……。そのまま、二人は「夢死」空間を浮遊する。朝美は軽い寝息をたてていたが、少しの身動きに「う、動かないでぇ」かすれ声で訴える。余韻に浸り、萎えかけたものをまだ放さない。轟きが脳や心臓、腰から遠ざかっていく。体を離し、ぬれそぼった秘泉や内股などを拭うと、強くキスした後、「済みません」と恥しそうに、下着を前に抱えて、炊事所の隅にあるシャワーを浴びに行った。

替って汗を流したあとには、淡い後悔と深い満足、快い倦怠に空腹感を覚えていた。身仕舞をすませた朝美は、素肌のままだが上気の残る、てかる頬に手をあて「良かったわあ、あんな姿勢初めてだったし、最高でした……」に「とまり蝉、というそうだよ」

冷蔵庫から冷えた麦茶を出して勧め、自分も綺麗な喉を見せて飲み「とまり蝉かぁ」

と晴れやかに微笑んだ。今まさに、朝美は女盛りである。

14　鉄砲玉

もう午後七時をすぎていた。定時に「今日は大変だったし、一杯飲んで帰らないかね」と朝美を誘ったが「いえ、真也が風邪で寝てますので、お先に」と急ぎ足で帰っていった。

珍しく気忙《きぜわ》しい日だった。ファクスは電文を吐き続け、その仕分や綴じこみは午後までかかり「こんな物は、送ってこないで欲しいわ」と朝美が脹れたのは、郵便物よりチラシ、通販などが矢鱈と、多いせいだった。

吉国はファイルに目を通したり、ぐずぐずしているうちに二時間も経っていた。「まあこんな日もあるわさ」独りごちながら、人や車で混雑する通りを横切り、藤屋でとろろ蕎麦を、二度ほどむせ四十分かけて食べたが、この後「千鳥」で飲む予定で足を早める。もう多様な看板や七色をこえるネオンが、昼間は薄汚れが見える小路なども一変させ、化粧をし座敷へ急ぐ、取り澄ました芸者のような気配があり、これがまた堪らない魅力だった。

万年町の裏路地に入ると、大通りの喧騒は遠のき、往来もぐんと減り静かである。ところが「千鳥」の二軒ほど手前で、急に緊張が走り頬が凍った。目付が鋭く普断では見られぬ身のこなしである。感じるのである。店内からの気配を。頬から首筋、背中にかけ、ぞくり鳥肌がたつような……。

これは敵意や害意、殺意などが発するプラスのエネルギー波動で、マイナス念力波の持主である吉国には、特に敏感に察知でき、人混みのなかや乗物の中でも、感じ、わかることで彼の安全は守られていた。

しかし、相手が所持している無機質な武器の種類まではわからない。果たしてそれが、刃物なのかバットなのか、それとも鉄パイプなのか拳銃なのか。結局、最も危険な飛道具を予測して行動することになる。だが急に立ち止ったり忍び足になっては、相手に気づかれ用心させてしまう。変らぬ足取りで格子戸正面を少し避けて立ち、右手で戸を押し開き、咄嗟に身を潜める。

中で拳銃を構えた男を認め、合掌の構えから念波を放射しすぐ止めた。その早さは相手の指が、引金を引く寸前で、それで狙いが外れた。「プスッ」音は鈍いが鋭く空気を切裂き、衝撃波が襲い、同時に向いのバーの壁が音を立てて爆《は》ぜ、モルタルが飛び散った。

男は前のめりに傾き、消音器つきの拳銃が手から床に落ち、前のテーブルに両肘をつき、次に顎を落し崩折れた。吉国はすぐ表情や動作を緩め、「ああ、驚いた」とこわごわ及び腰で店内に入ると、女将はカウンター内で唇と体を震わせ、怯えている。拳銃を足で寄せながら「早く一一〇番……」と言うと「ハ、ハイ」急いで電話をかける。三十代の男は左手で胸を押え、空虚《うつろ》な眼をしてもぞもぞ動いたが、突然の不整脈という変調に、悪心で蒼ざめ息を荒げ、肩を上下させながら、もがいていた。

やがてパトカーのサイレンが接近し、間もなく二、三人の警官が駆けこんできた。続いて六角《むすみ》刑事が手袋をはめながら、入ってくるとテキパキと指示をし、拳銃を抓《つま》みあげ銃口の匂いをかいだ。大きくうなずくと、差出されたビニール袋に注意深く入れ、「鑑識へ」と渡し、男には「殺人未遂と凶器準備の現行犯で逮捕する」と伝え、部下に手錠をかけるように命令した。ようやく動きも普通に戻った男は、二人の警官に腕を抱えられ、蹌《よ》踉《ろ》めきながら連行されていった。

六角刑事は振り向くと、「どうも」と会釈する吉国に「あんたとはよく逢うねえ。詳しく説明してもらおうかね」と睨《にら》むのへ、女将が目を釣上げた。「六さん、ヨーさんは戸をあけた途端に射たれたのよ。危ない目に合った被害者なんですよっ」強力な援護射撃だ。吉国も「そ、そう人間違いでしょう。極道さんとは交際もないし、狙われる覚えもないものね」の抗議に、六さんは「男が店に来た時からのことを、詳しく頼むよ」女将の舌鋒に、腰が引けた依頼口調となる。

「エート八時頃、入ってくると人を待たせてもらう、とこの椅子にかけて煙草を吸いだしたのよ……」険しい目付で普通じゃない、と思ったけど断ることもできず、ビールと突出しを勧めたとの話。「それで初めてのお客がヨーさんだったの。内ポケットから黒い物を出したので、あっと思ったのと、入口が開いてパンと射った途端に、胸を押えて苦しみ出したの。何が何だか訳がわからず、吃驚《びっくり》したわあ。けど当らなくて本当に良かったわ、ホントに……」

事情聴取には時間がかかると見て、手帳に記入している六角刑事に、「私はもう帰りますよ。今夜は飲むどころじゃ無いですもんね」と水を向けたら「そうだな、女将にはもっと聞かなくちゃならんし、疑問点でも出たらまた聞くとして、あんたは良いだろう」と周囲で忙しく計測したり、撮影や指紋採取に忙しい部下を見回し、振り向いてＯＫしたので「じゃぁ、また出直すわ」と女将にも、何時もどおりの合掌挨拶をすると、野次馬を分けて大通りの、百貨店前にあるバス停に向った。

二日後、六角刑事が顔を見せ、合掌挨拶をする吉国に「オス」と右手挙手の会釈を返し、朝美が勧めたコーヒーを一口飲むと「美味い」柄にもないお世辞を言い、「ふざけた奴だぜあの男。兄貴、こいつはキザ健のことなんだが、その仇をと、鉄砲玉を買って出たそうだが、あんな貧相なオジンに兄貴がやられる訳ないもんな、間違ったかもしれん、とさ」今度は吉国が返す「貧相で悪かったね。それにしても間違って殺《や》られちゃ叶わん。しっかりお灸をすえて下さいよ」トレイを胸に抱えた朝美も大きくうなずいている。

捜査の重点は、拳銃不法所持と入手ルートの追究へ移っていくようだ。「それでも七、八年はム所暮しをすることになると思うよ。それじゃまた」片手をひらつかせて六さんは帰ったが、残った二人は「これで一件落着なの」と肩をすくめた。

危なかった、と「ベコ」のステーキとワインで厄落しをしたが、自宅に向う道みち吉国は、今は極道でもいつかは正業に戻る可能性もある男を、死なせなくて良かった、としみじみ思い返している。突然の不整脈は、生涯忘れないだろうし、組からも足を洗うだろうと。だが無機質な時限装置つきの爆発物を仕掛けられたら、生身の人間でこそ発するプラス波動が感知できず、したがって察知や避難法はなく「その時は一巻の終りか……」と考えこんでしまった。

15　六角《むすみ》刑事

H市中央署の六角《むすみ》四郎（よくろっかくと間違えられ、皆に親しみをこめてろくさんと呼ばれていて、以下そう呼ぶ）との出逢いは「千鳥」での、キザ健の時が最初だったが、三件目から六さんは疑惑を持ち始めた。刑事の勘というやつ。第一発見者や現場近くにいた者を疑うのは捜査の鉄則だし、吉国は疑われても止むを得ない状況にあった。名前は事件のつど上っていたし第一発見者にもなっていたからで、「近くまできたので……」といっては、事務所を覗いた。それとなく様子を探るためであることは間違いない。朝美は経緯《いきさつ》を知らないので、六さんを吉国の友達として歓迎した。顔を見せるのは午後が多かったが、吉国はよく新聞や本を顔にかぶって昼寝の最中で、少々の物音、話声では起きない。また六さんも心得て、そっと入ってきていた。

「いつもこうかね」と朝美に尋ねる。「ええ暇な時は大抵」勧められたコーヒーを啜りながら、色々聞き出しつかもうとするが結論は、「つかみ所がない。それだけに疑わしい」

というもので、その後かかわりが続くことになる。吉国は「私も事件を覗くのは嫌いじゃないですよ、わくわくしますからね。それにしても運が良いというか、悪いというのか、しかしよく重なってますよね」

「ウーム、ガイ者は皆、無傷で病死なんだが、こう、何か女流作家の小説にあった、念力放火能力《パイロキネシス》みたいなのを使うのではと思ってね。ハハ、冗談、冗談だよ」「あれは高熱で燃えるんでしょ」「どうだろ、興味があるなら、鑑識課を見学してはどうかね。科警研もあるしね」吉国の弱いところをついてきた。好奇心は人一倍強いのだ。

「えっ科警研を。是非お願いしますよ」

「その替り二、三検査することにしないと名目が立たんのでね」上手にのせて調べる気だ。

「良いですよ」と話が進み、六さんの案内で県警本部にいった。科警研は法医学、化学、物理、心理などの係で組織されて、広いワンフロアを占め、その道の専門家が活躍している。身分は警察官だが、博士や科学者もいて正にプロ集団といえる。十五種以上の装置が据えられ、銃弾の試射室、ポリグラフ検査室も完備し、これだけあればわからぬものは無いだろうと、地味だが粘り強く真剣に仕事に取組む姿勢には、心強く身が引締る思いがした。

吉国は外界からの物理刺激を排除できる三重構造のシールドルーム内で、真暗闇にした無音状態で、心電図、脳波、脈、皮膚電気反射などの生理データーと、物理データーは微少な磁場や発光の有無を測定され、嘘発見機にもかけられた。「こんなに沢山センサーがついたら、それだけで緊張して異常なデーターが出ませんか?」ここに来て後込《しりご》みをしている。「まあ潔白が証明されたらあんたのためにもなるから……」二時間半におよぶ検査の結果は、普通人の範囲内で異常とみられるものは何もなかった。

吉国が念波を出さなかったし、出しても現存の装置や計測器は、すべてプラスの質量、範囲を把握表示するもので、念波は把握も表示もできないのだ。吉国は、念波を試してみたい誘惑にもかられたが止めておいた。「疑いは晴れましたか、並の人間だと」「うーむ、何かある、何かつかめると睨んだのだがなあ。まあ仕方がないな」帰りのパトカー内では、吉国が疲れきって鼾をかいて眠ったのを、六さんは「肝のすわった奴」と勘違いし、呆れているのが可笑しいのだった。

16　もらい泣き

小春日和の穏やかな日、若い女性が一人で来所した。和風美人である。珍しいこと。

朝美は八時に「真也が熱を出して」と電話の向うでオロオロ。「子供にはよくあること、親の不安が伝わりさらに悪くなることもある。感冒《かぜ》だ、くらいにデーンと構えて、病院には連れて行くこと。今日はずっと側で、母親してやりなさい。こちらは気にしなくてよい」と教えて休暇に。だが初子で長男、一人っ子では、心配するなと言う方が無理なのかも。

電話を終え「さて、と」立ち上がった時、扉がノックされ、件の美女がおずおずと入室して挨拶をし、室内を見回している。椅子を勧めて話を聞く。鈴木和恵、二十歳、未婚。会社員で両親は昨年、死亡し独り住いだという。「どんな話でしょう」お茶を出しながら、スリーサイズなどをさり気なく計っている。好者《すき》は実に目敏い。健康そうだが少し暗さと、か細さが感じとれる。看板を見ての相談にしては、年も若くちと解せないが、問題を抱え苦悩し迷った末、来所したのは間違いあるまい。

「私は暑さ寒さが骨に応えます。御覧のように身がついてないのでね」軽口で雰囲気を和めようとしたら「こちらでは、人を片づけてもらえるそうで……」抜打ちに仕掛けてきた。「エエッどなたに聞きましたか、噂ですよ。変な噂を流すのがいて、迷惑してるんですよ」名刺を指し示して「人口調査でね、調整ではないですよ」今度は相手が驚いている。「アラ違うんですか」「良く見て下さい。私と母親事務員だけで、その事務員も今日は子供が感冒でお休みです。痩せおじんだけで、何ができますか」「誰かに頼むとか、もないですか」とねばる。これではまた、シャツを脱いで傷跡を見せなくてはならんかな、との思いがちらと過《よぎ》る。「では私、間違えたのかも」と慌て、腰を浮かす。どうやら、屈強な男達が屯《たむろ》している場所を想像していたようだ。「まあ、話してみませんか。気持ちが落着くし、飯の数と年の功で、解決法が見つかるかもしれませんよ」

「実は……」と座りなおして話した内容で、最初の暗い印象が理解できた。父親の鈴本正史四十八歳は、H市の某製造業の真面目な社員だったが、「たまには息抜きを……」

と悪友からオートレースに誘われ、よくあるビギナーズラックで、望外な金を手にした興奮に酔い、強運と煽てられて逆上《のぼ》せ、賭事に凝り、平穏だった生活を狂わせてしまった。H市はその他にも競艇場が近く、隣県の競輪場も日帰り可能で、賭事には不自由しない環境にあった。

たちまち、自分の小遣いでは足らず、サラ金に手を出して躓《つまず》いた。妻の実家からも援助を受け、一度は清算したが、賭事の味は麻薬に似て止められず、前の損失を取返す心算も消せず、またも足を運んでしまい、短時日で泥沼の深みにはまった。気が小さく、真面目な性格ほど陥りやすい、典型的な道を辿った。

返済には数種の方法があるが、その一つに数社からの借金を、一社に纏める整理屋というのがある。それが大原ファイナンスで、「私が金を出すから、他は清算しなさい。うちだけにすれば金利も減るし、払い易くなるでしょう」と言葉巧みに持ち掛けられ、藁をも摑みたい正史は手もなく乗ってしまった。一社にはなったが、金利もほとんど変らず、逆に取立ては集中され、地獄の日々が続き、家や土地も抵当期限で情容赦なく取り上げられ、一家は追い出されてしまった。

和恵もS短大を中退して働き、返済の一助を担ったが焼石に水で、正史は会社も辞め、取立てから逃げ回る毎日。母親の多恵、四十歳も懸命に働き、月に一度支払いに行ったが、ほとんどが利子で元金は一向に減らず、スパイラル状態で悪化していった。悲劇は多恵に大原社長が食指を動かし、「抱かせろ、一度で二万だそう。支払いの足しにもなる」と、尻ごみするのを、手籠め同然に抱かれた。

正史は借金苦から性的不能になり、一年も没交渉だったこともあり、女盛りの多恵は性の歓びを甦らせ、月に一度を期待するようになり、妊娠してしまう。結末はさらに酷い。娘にはもちろん、誰にも相談、中絶もできず、正史を捜し出して道連れにし、S港岸壁から車ごと飛込み心中してしまった。

和恵は、残された遺書で詳細を知り、大原社長を「許せない、殺して私も死にたい、けれどできない」一気に話すとさめざめと泣いた。吉国も鼻底をつんとさせていた。もちろん、一番悪いのは借金をした正史である。許せんのは切羽詰った弱者を、助けるか

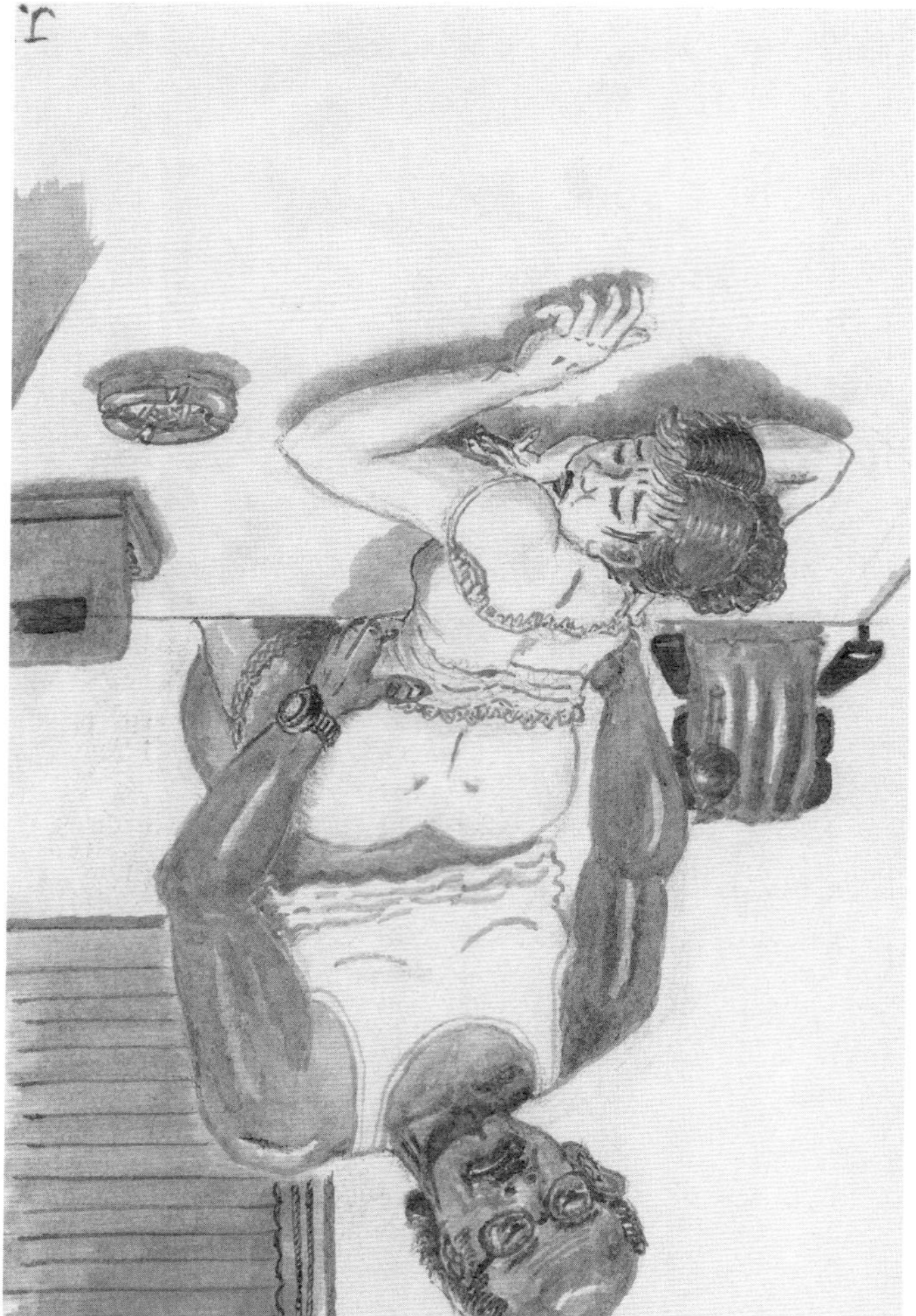

のような甘言で逆に追込み不動産も取上げ、後にはその転売益で儲けたうえに多恵に手をつけた大原である。避妊処置もせず、妊娠を告げられると「誰の子か、わかるもんか」と罵られたのが、死への選択を決定づけ、娘の将来まで狂わせた事実。他に方法があったのに、である。

吉国は冷えたお茶を啜り「世間には、ハイエナよりあくどいのが、一杯いますからね」ハイエナは砂漠の掃除屋の一面もあり、聞いたら気を悪くするだろうが、どうも良くない方の例に引出されるのは、外観のゆえだろうか。大原社長は「同情や人助けしとったら、商売や世間は渡っていけん」と高言していたとか。「あなたがどうしてもと言うなら、頼んでみますが、少々の予算を準備できますか」と尋ねると、強く閉じた唇を開き、「お金を貸して戴けませんか、返済は月割で……」「ウームうちは金貸しではないのでね」依頼人との接触は短時日が鉄則である。長くなると余計な親近感や情も湧き、気の弛みから秘事項が洩れ広がる危険性があり、避けなくては危険を招く。

「貴女の手持ちは？」「二十万くらい……」声は細っていく。しばし逡巡のあと、顔をキッと上げ「私の体で支払うのはどうでしょう。結婚するとして結納で四十万ほど、式の費用などで二百五十万と併せて、私は結婚せずに働いて返済します……」これはまた、大胆な提言で、ゴクリ生唾を飲んだ。

「ウウムそこまで、決心しているのなら、当所も調査してみて、お返事をしましょう」となだめて帰したが、今度の仕事は、どうも奉仕《ボランティア》になりそうな気配に、首を振った。それは好みのルックスと、ナイスバディに魅せられ、女好きからの失敗を危惧した動作でもあった。

日を改め、大原社長の調査を始めたが、かなりあくどい業績が次々に出てくる。鈴本家のような例は他に数例あり、女性のほとんどに手をつけているが、泣き寝入りのままである。それにしても貸金業に、共通点が多いのはなぜか。部下の借金払いに数社を回った経験から、吉国は貸金業に対し偏見に近い認識を得ていた。脂ぎった顔、肥満体そして女好き、遣り口の汚さである。強欲と強引な取立てで得た金が、心を汚し、血と目を濁らせるのか。あくどさは、借金そのものは、契約にのっとって取り上げた財産の売却益で、ほとんど帳消しになるか儲けているのに、「お前の稼ぎと支払いで、いくら返せるのや」と脅し、ほとんどが経理の弱みにつけ込んで、引っ張っているのである。事実が明白になったら、この女性達も「殺してやる」と言い兼ねない非道さであった。

念波放射の基準に合わせても、放射の条件は十分といえたが、実行のタイミングに一工夫が必要となるようだ。和恵に電話で「調査をして紹介することにしますが、つきましては手付けを少々、お願いしたいのですが」と切り出してみた。途端に電話の向うで、沈黙が深くなる気配に、「冗談、冗談ですよ」と茶化したが、「本音は通じんだろうな」と悄気《しょげ》ている。完全に入れ込んでしまっていた。

翌日、来所した和恵との話が進むなかで「あなたの覚悟が本物なら、大原の囲女《かこいめ》になって、支払うという方法もありますが」には、「あの男だけは、死んでも嫌です」と涙が一粒、頬を伝う。吉国は声を潜め「これは一つの作戦でね。お父さんの借用証を入手して、処分しないと帰《けり》がつかないので、取り返す方便なんですよ」の説明にうなずくが、ぎこちない。まだ完全に信頼されてないのだろう。

丹念に打合わせをした後、大原ファイナンスに和恵と一緒に出かけた吉国は、「鈴本さんの代理人で、依頼の公文書もあります」と見せ、大原の側へ寄り耳許で「実は娘さんが、金を返せるアテがないので、体で払うのはどうかと言ってるんですがね」と囁くと大原は目を見張り、涎を流さんばかりに「おうおう、貴女《あんた》なら大歓迎や。あんじょう話を決めようやないか」とにじり寄る。

体をすくめ尻ごみし、蒼ざめたが頷いてみせる。打合せどおりだ。「では条件を話し合いましょう。まず借用証を見せて下さい。元利の合計を知りたいので」と切り出すと、美しい担保を目前にして気もそぞろの有様。「ええとも」と金庫から、正史名儀の借用証を四通と帳簿を机の上に並べる。「一通が五十万で二百万、利子つきで三百やな」「これで全部ですね、他には無いですね」念を押し、「お嬢さん、三百万の内訳は、二百万が結納がわり、あとは一夜十万の条件で良いですな」真剣な顔つきの吉国の演技に圧倒されながらも、不安はぬぐえず応諾もぎごちない。そこが大原にはオボコと映るようだ。「社長も、この条件でよろしいですな」には、「一晩十万はちと高いなあ」肢体をなめ回すように見ながらも、計算高さを垣間見せる。「生娘、バージンでこのナイスバディですぞ。駄目なら他の金持ちに頼みますから」「いやわかった。じゃ気が変らんうちに、今、手付けを……」などと鼻息を荒げ、今にも抱きつきそう。和恵は救いを求めるように、目を見ながらさらに尻込みをしている。

もう限度だ、と判断して携帯電話を出し、通話する仕種をしながら、大原に中程度の念波を放射した。椅子から腰を浮かし、乗り出すようにしていたのが、ストンと腰を落とすと、机の上の書類をバラバラと落としながら突伏した。慌てる事務員に「救急車を、早く」と指示し、「社長しっかりしてください」と応急措置の所作をする。間もなく到着した救急隊員は、素早く脈博、呼吸を確かめ瞳孔もみると「大丈夫ですよ」と声をかけ、ストレッチャーに乗せ、待機中の救急車に乗せる。事務員が付添い、扉が閉る寸前に、吉国は合掌し頭を下げつつ強度の念波を放射した。南無……。

「ではくわしい話は、また後日」と、残りの事務員に言いおいて、通りに出ると和恵がしっかり腕を組み、すがってくる。「今日は疲れたろう、一杯飲んで帰ろう。私もバテた」と千鳥へ誘い、女将に「いつもの」と頼み、「まずは乾杯」とぐうとビールを一息に、とはいかずたちまちむせた。和恵も綺麗な喉を反らせて飲み、「ああ、まだ胸がどきどきしてる」あとは女将に、出来事を話している。よほどショックだったようだ。

酒に移り頬に紅がさしだした頃「社長は大丈夫でしょうか」と気にしている。優しい娘だ。「アレ、消して欲しかったのでは……」からかうと、「目の前で、人が倒れるのを見たのは初めてで、本当に驚いてしまって」胸を押える。夕食と少しの酒で、落ち着いた和恵を送り、「病院の方は、私が聞いておくから、今夜は安心してお休み」と帰した。そのあと、病院に電話をすると、事務員が出て「着いた時は、亡くなっていました」と涙声で知らせる。警察も来たと。「それはそれは、心からお悔み申上げます」電話を置いて帰る。今の季節夕方はもう冷える。

翌日、六さんが事情聴取にきた。「また貴方《あんた》が第一発見者かね」「おっと、違いますよ鈴本さんと行き、借金の返済方法を打ち合わせていたら、倒れたんですよ。間違えんで下さいよ」「わかってる。救急隊員の証言でも救急車の中で心停止したそうだ。変死ではないだろう」和恵にも聞いたが「私も心臓が止まるかと思った」証言に喰い違いはなく、六さん達はコーヒーを飲むと引き揚げていった。

数日後、葬儀も終り管財人と調整するため、和恵と共に出かけた。額は少ない方だったが、厳しく取り立てようとする姿勢が見える。吉国は切札を用意していた。多恵の遺書で警察にも見せ「早く訴えていれば、手が打てたのに」と言わしめたお墨付きだ。返済の義務を強調する管財人に、言わせるだけ言わせたあと、「実は社長の暴行を訴えようと、当方は準備中でして。検察の意見も戴いてるのですがね」と切り出すと、数々のすねに傷もつ故社長の性癖と行状は熟知していたと見え、他への影響も考えたか、少し間をおき「そうでしたか。ではお宅は多い方ではないので、香典として相殺にしましょう」と態度を一変させた。「いや当方は裁判になれば、慰藉料は一桁上の額になる、と弁護士も言ったし、世間にも広く知ってもらえるから」「社長は亡くなりましたし、仏の古傷を暴きたてないでも……」正反対の立場になってきた。「当方は不満足ですが、借用証の返却と帳簿面の消去で帳消しにしましょう。多少の誠意は上乗せしてもらえると思いますが」言い終らぬうちに、示談金と四通を差出し帳簿は赤線二本で消し、捺印した。「他に帳簿は無いですね」念を押すと「いえ二重帳簿などありません」そこでポケットから録音器を出し、スイッチを切ると嫌な顔をした。駄目押しである。

「それでは、これで失礼しよう」と引き揚げてきて、事務所のガス焜炉で燃してしまい、「全部片づいたな」と和恵に話すと、「何から何まで、本当に有難うございました」頭を深々と下げ「御礼はどれほどさし上げたら……」と聞く。余裕もないのにいじらしい。「あなたも見たとおり、病死だったから礼金を戴く訳にはいきませんよ。まあ片づいて良かった。これからは、独りで自立していかなくてはならんのだし、大変だと思いますよ。当所のことは気にせんで良いですよ」と言い示談金を渡した。和恵はすべてが解決した喜びと安堵感、改めて家族を失い、孤独の悲しさが交錯して噴き出したか、床に膝をつくと声は上げず大泣きに泣く。吉国も今はたまらず、もらい泣きをしてしまう。女の涙には弱いのである。和恵が去った室内に元の空気が戻り、名残りを惜しむ吉国を、朝美が怪訝な顔で見ている。

17　ヒットマンと対決

一連の銃撃事件は周到な計画、準備のもとに実行され、捜査も長期化するものが多い。特に警察のトップが狙撃された件は、元部下だとか、某国の工作員、某宗教団体、暴力団員などへの疑惑が、濃霧のなかの迷路のようで簡単ではないようだ。そのなかで吉国の目を釘付けにしたのが、銀行の支店長が射殺された一件である。犯人は一応逮捕されたが七十歳をこえた老人で、疑念は晴れずしかも庶民の平和な生活のごく近辺で発生していて、社会不安を醸成しているのが問題である。

実行犯は38口径の拳銃を使い、頭部に命中させている腕から、銃に精通して慣熟したプロの仕業と睨んだ。ＵＳＡ製の45口径コルトは、日本人の手には大き過ぎて重く、反動が強く命中率は低い。命中すると死亡率は高いが、二十メートルも離れていたら、斜走して逃げたらほとんど当らない、小銃は手を上げ降伏した方が良い、との体験談もある。また22口径以下では、近距離でしか効果は上らず信頼性が低い。38口径は距離や命中率、死亡率などの諸条件から、プロ間でも信頼され利用例が多いのだが、使いこなすには年期が必要なのだ。

依頼はなかったが野放しにはできない。理由は簡単で、素手の素人を武器で殺傷することは男として許せないし、放置すればおそらく金で請け負った実行犯は、その世界では英雄扱いされ、増上慢を続けるだろうから。

しかし、相手はプロ中のプロであり、安易な対決はこちらがやられる危険があり、初体験にはそれなりの緊張や突発事故などで、失敗の率も高くなる。石橋を叩く慎重さが大切と気を引き締め、調査を始める。H市の歓楽街である橘町の路地に「ぐい呑み」という屋台が出ていて、組員達も集まると聞いて出かけた。

元は極道だったという主《ぬし》は、五十台で銀髪。背は丸めているが、若い時の動物めいた精悍さの名残りが、ふとした折に目付きや唇、頬にかすめるように現われることがあるが、すぐに消え屋台主人の表情に戻る。普通の客には見分けはつかない。その背中には長さ三十センチをこす刀傷がある、との武勇伝もあって、H市の組長達でさえ一目おくところがあり、歓楽街の片隅で、時には酔客などの諍《いさかい》もある場所で、生業《なりわい》を続けられるのも、裏打ちがあってのことなのである。

一本気は商売にも出るものと見え、酒や突出しも吟味され、特におでんの出汁は、近所の板前にも評判になるほど。食材は市場などで自分で確かめて選ぶといい、その味は舌の奢った古参の芸者衆や、ホステスの間でも知られ、「帰りに必ず寄っていかないと眠れない」と言わせるほどの人気なのだった。

時には組の若衆達に仕来《しきた》りなどを話すこともあるようで、おとなしく飲食し、神妙に話を聞いているとか。吉国が湖畔の珍味と有名な沙魚《はぜ》の肝と銘酒として知られる天下城を人肌で注文したら「仲々のウルサ型やな」振り向きもせず、手は動かし始める。やがて「お待っとお」と出した酒を一口飲み、肴を味わって「うーむ美味しい」と言うと噎《む》せた。

「辛そうですが、大丈夫ですか?」と気遣う。「実は扁桃腫瘍の手術をしましてね、二十時間かかりあと肺炎を起したりで、八ヶ月も入院しました。舌の付根まで切り取り、胸の筋肉を移植したので、噛みこみが上手くいかず、発音もおかしくて、雑炊ばかりなので体重が十五キロも減り、元には戻らんのですよ。好きな酒もようやく飲め出したけど、いまだ噎せて」「それは、エライ目に合いましたなぁ」

あとは話題を少しずつ、狙撃事件の方にもっていく。「それにしても良い腕前ですな、拳銃《ピストル》なんてそうそう当るもんじゃない。それが頭に命中させている」

「最近は東南アジアで練習してくるそうや」

「ヘエー、大したもんですなぁ」

吉国の首や顎の手術痕を見て、言葉の不自由さなどから、単なる病み上がりで初老の男と気を許したか、口がほぐれてきた。

「日本じゃ、山ん中で射っても谺《こだま》などを誰かが聞きつけてバレてしまうと言ってましたな」

「狭い国だからねぇ。けれどこれだけのプロなら、警察も目をつけてませんかね」

「そこの組の若頭に刑事《デカ》が張り付いているようやが、組も必死でガードしとるようや」

「根比べってとこかね。仲々の見物《みもの》になりそうですな。今夜は楽しかった、御馳走さん」と勘定を済ませて腰を上げる。「若頭ねえ」……。

周辺の聞込み情報と、六さん達との雑談から、矢吹組の若頭、鬼頭栄次（三十六歳）が浮かび調査は進む。組の斜め前にある喫茶店「ラ・プーペ」でも粘ってみた。コーヒー二杯にケーキ二皿で、気持ちが悪くなったが、それでも二日目に本人を確認することができた。鬼頭は一人で店にきたが、若頭になれば組員を従え、威勢を見せるのだが彼は違っていた。仕事も常に一人で片づける「一匹狼」のようである。店内でも色眼鏡《サングラス》は外さず、静かにコーヒーを飲んでいる。服装や髪形も地味で目立たぬが、雰囲気だけが違っていた。彼の席周辺が冷たく、何かピーンと張りつめていて、ウェイトレスも緊張からか、後込みするようなところが、その娘の動作からうかがえる。

「ウム何かある、何かをやっとるな」響いてくるものがある。吉国も念波で「心停止」させる男で、放射前の緊張と集中力は、雰囲気を厳しくするらしく、一度、仕事の前に「千鳥」に寄ったら、女将に「ヨーさん今晩は何だか別人のよう、怖いくらい……」と言われたことがあってよくわかるのであった。

鬼頭に焦点を絞るまで、二、三人に当ってみたが、彼ほどの空気を漂わせる者はなく、確信を深めた。マイナス念波を放射できる吉国は、普通の人がそれとは気づかずに放射しているプラス波を敏感に感知できる。電車、バス、人混みのなかで、後頭部に視線のようなものを感じて、振り向くとじっと見られていた経験のある人は多いのだが、それよりさらに強いものを全身で感知できる。まして殺意や武器を持って向ってくる人間は、意識を集中させ強い緊張感で、波動は強くなっており、距離があっても感知できて、危険を予知し回避ができて、身の安全が保たれていた。

夜空を雲が駆け、満月が見え隠れする深更、矢吹組の正面玄関から一人の男が急ぎ足でH駅の方へ向う。少し間をおいて張込み中の刑事が二人、後を追う。だが吉国は動かない。先刻の男は背格好など、よく似ているが鬼頭ではない、と睨んでのこと。それはプラス波動が弱かったからだが、刑事はダミーに釣られて追跡していった。「出ないかな」の思いに誘われたが、急に身震いが走る。組ビルの横路地から影が伸び、前の男とは逆の方向に歩き出す。強いプラス波動が襲う。「鬼頭だっ」

周囲をうかがうでもなく悠々と歩く。「さすがだな、若い奴を尾行《つけ》るのは、しんどいて……」独りごちながら後をつける。「この先は公園だが？」通過して、食事にでも行くのか、遊具の間を抜けて滑り台の側で立ち止まると、煙草に火をつけ「何で俺をつけ回すのだ」と、前を向いたままで言う。「支店長を撃ったのはあんたじゃないかね」と吉国は単刀直入に聞く。

「そういうあんたは何者かね」と鬼頭は低姿勢。

「私はネタを捜して売る。高いネタが欲しい」

「俺に狙いをつけたのは……」

「あの、頭に当てられるのは、爺さんの腕じゃないと踏んだのでね」

鬼頭は煙草を吹き飛ばし、右手を内懐に入れ振り向きざまに黒い物を抜き出した。刹《せつ》那《な》、吉国は合掌しマクシマムの念波を放射し、受身の要領で後に倒れる。鬼頭の手許で「パッ」とガスの噴出が見え、「ブシュッ、パチッ」と鈍い発射音と同時に衝撃波が襲う。

近距離では光、音、衝撃波は瞬時でほとんど同時である。

転がる吉国の目に、鬼頭が左手で胸を押え、右手がだらりと下り、ガクと両膝を折り前のめりに突っ伏すのが見えた。と同時に、吉国が倒れた頭の五メートルほど先で「ドスッ」と音がして、土砂が飛散した。念波の放射が一瞬でも遅れ、受身で体を倒さなかったら、胸か腹に命中していただろう。体でも巾が広く、命中しやすい個所を狙って撃っている。恐ろしいプロだった。

のろのろと身を起した吉国の体から、力が抜け震えがきた。「危なかった」の実感から、震えはさらに激しくなり止まらない。片手拝みで南無阿……、念仏を唱える。自分に危険や損害を及ぼす相手は、年齢や性別を選ばず、問答無用で駆除する。「殺らなければ殺られる」に徹したプロとはこいつのことだな」と歩み寄り、頸動脈の停止を確認して、拳銃を靴の先で腹の下に押し込み、六さんに携帯で連絡をする。今度は「千鳥」の女将の援護もない。説明の仕方を整理しながら、「また信じてくれんだろうな、仕方ないか」うろうろと到着を待つのだった。

18　暴走族

Ｈ市の南は太平洋に面し、汽水湖を内懐に、東に暴れ川といわれる急流が走る。西と北は隣県との境で、四〜六百メートル級の山並が連なる。湖岸の周囲と峠越えの道路は、急坂やカーブも多く、ドライブに加え走行技術やスリルも楽しめることから、暴走族が集まってくることも多い。どこでもいるのだが、冬もほとんど雪が降らない温暖な気候のゆえで、年中騒がしいのが頭痛の種になっている。吉国の家から五百メートルほど西側の環状道路も、深夜から早朝にかけて、オートバイや改造車を走らせる暴走族がいる。彼らには一過性の麻疹《はしか》のようなものだろうが、メンバーは新陳代謝を繰り返し、時には増減はあるが途切れることはない。

それはほとんどの人が子供の頃に、自転車に熱中した経験を想起してほしい。転んで少し怪我したくらいでは止めず、ある日ひょいと乗れ出した時の感動と興奮を……。オートバイはメカといい、速度や爆音、格好良さは自転車の比ではなく、夢中にさせる魅力を秘めている。だからといって暴走は容認されない。真面目なライダーもいるのだが、他に迷惑をかけるのは厳しく責められ、矯正が必要である。

しかし程度の差はあれ、若者いや人間が一度は踏む通過体験ではあるまいか。ここで深刻な問題は、前科者になったり、転倒や衝突などで植物人間になったり、最悪の場合、死亡例もあって家族の悲嘆や不幸を見ると、これは地域社会いや国家の損失ともいえ、何とか無事通過、卒業させなくてはならない。

それにしても、毎夜よく飽きないものだと思う。環状路は四車線あり、ジグザグ走行や何度も往復しているのが騒音から推測できる。前輪を浮かせるウィリーでアクセルを矢鱈に吹かす。爆音に興奮しさらにエスカレートしていく。またクラッチをせわしく断続し、合わせてアクセルを加減速すると「バッバババ」の断続音になり、これはひどく神経に障る。熱帯夜は特に応え、近所は堪るまい。

市の騒音係である環境保全課に、苦情の件数を聞いてみた。この係は本来、航空機を始めカラオケや犬の鳴声まで、多種多様な騒音処理にあたる。条例に違反してないか調査し、違反していれば改善させる。なかでも暴走族の騒音は、道交法と深く係わるため警察に文書で依頼する。個人や自治会からも苦情が寄せられ、夏、秋、春が多く冬はやや少ない。

警察にも「厳しく取り締れ」と苦情が入っていて、併せて処理をはかっている。計画は、時に取締予定を報道することもあるが、原則として部外秘にし、巡回の時間、場所、回数などアトランダムにして、行動を予測されないように留意している。無線も傍受されるのを避けるため、略号や合言葉も日ごとに変更したり、二台ほどで彼らが集まる地点や道路を、巡回し張り込んだりするが彼らも巧妙になり、さまざまな対抗手段を講ずるようになった。

まず二〜三台で偵察する。暴走行為はしない。取締り不在を確認すると、携帯電話で連絡をとり本隊が現われる。

取締りの裏をかくように、場所を変え時間を変えて走る。

メンバーや車種の組合わせを変えて走る。

などなど、手を換え品を換え鼬《いたち》ごっこが続き、追っても払っても集まり走り回る。「彼らはメカが好きな上に強く、無線傍受も軽くこなし、おまけに若いのでタフ。しつこい蚊か蠅のようで……」と署員もゲンナリ顔だ。

これだけ市民や関係者が迷惑し、事故も起したりしているなら、念波を使い、生命に影響しない程度で懲らしめるのは許されるだろう、と腹を決めた。弱い念波を寸秒間放射すれば、相手は突然の不整脈でショックを受けて転倒し、軽傷は負うかもしれないが、止むを得ないと判断して、とにかく、確認することにした。出現率が高い土曜日の夜、環状路にあるコンビニエンスストアの駐車場で、暴走族が現われるまで、一眠りして待つことにしたのだが、こういう場所での仮眠体験がなかったためか「人間は紫外線と共に行動するのが自然で、健康にも良い」と強調し、夜はとにかく「眠る」という原始人的生活を五十数年も続けてきた吉国でもすぐ眠りにはつけないのだった。

原因は「コンビニ」を利用する、特に若い娘達に老婆心ならぬ老爺心が擡《もた》げてきたからである。かなり辺鄙《へんぴ》な場所なのに、終夜営業でもあり車の普及で、深夜でも車や客は途切れない。午前二時になろうというのに、若い娘が一人で乗りつけ買物を始めた。熱帯夜ではあるが、タンクトップにショートパンツ姿で、無防備どころか挑発的な服装と行動には驚く。若い頃は躰の芯から熱く湧く、マグマのような野生の牡を押え兼ねて過した苦しさを知る彼には、呆れるより腹立ちを覚えていた。

「どういう躾をされ、どんな勤めでどんな生活をしているのか、両親や家族はいないのか」不安や危険に不感症になり、性犯罪、強盗殺人の引金にもなっている現実に、とつおいつ思い巡らせ眠れなかった。

急に爆音がして暴走族が現われた。午前二時半、先頭は窓に腰掛け、旗を振っている。あとに数台の改造車が派手なクラクションを鳴らして続き、オートバイも十台以上が、色とりどりのヘルメット、鮮やかなライダースーツと賑やかで、凄い爆音でジグザグ走行しながら駐車場に入ってきた。休憩をするらしい。

エンジンはかけたまま、飲食や喫煙、おしゃべりも声高で、店先はにわかに騒がしくなる。やがてハーレーに跨った男の合図でいっせいに動きだした。いよいよパーティの始まりだ。リーダーをしっかり覚える。二往復してコンビニに近づくと、減速しだした。リーダーが左手を上げ、次に横に倒す、とさらに減速して左側に寄る見事な統制だ。

時速三十キロ以下と判断し、リーダーと後続車に少し距離があいているのを確かめ、微弱念波を放射してすぐ止めた。リーダーの上体がグラリと単車の上に倒れ伏し、同時に横転して投げ出される。単車は惰性で路上を、火花を発して滑り、十メートルほどを空走して止った。後続に動揺が起り、急停止したり転ぶのもいる。リーダーはスーツの肘や膝が破れ、血が流れているが擦過傷だけのようだ。駆け寄った一人が「救急車を呼ぶか」と言うと「バーカ俺っちもヤバくなるじゃんか」との答え。「早く、車に乗せろ……」と一台の改造車に乗せると、来たときの威勢はどこへやら、おとなしく北の方へ去って行き、駐車場がシンとした空間に戻る。

週を変え、別のグループのリーダーにも念波を放射する。旗やスーツ、ヘルメットなどで、他グループとの相違を誇示しているから、重複する心配はない。今度は転倒したのへ、後続車の減速が遅れて衝突し、二人重なって滑ったが、後の男はすぐ起き上り

「リーダーどうしたよぉ、俺ブレーキも間に合わんかったわ」などと話かけている。「うー急に胸が苦しい、と思ったら手も足も力が抜けちゃって……」女の子が駆け寄り、埃を払ったり「大丈夫？」と覗きこんでいる。ヘルメットを脱ぎ、胸を押えよろよろと立上り、両側から支えられて４ＷＤに乗ると、後を一団がついて、これまた、静かに東の方へ去っていった。

その後も、別グループのリーダーに念波を放射したが、このリーダーは改造車の窓に腰かけ、旗を振り指示していたので、衝突や転倒はせず車内にくずおれていった。しばらくがやがや話し合っていたが、やはりおとなしく遠ざかっていった。

真夏の夜、環状路に鳴り響いていた騒音は消え、静かになった。馴染みになった店長に近況を尋ねたら、「環状路には〝事故った霊〟がいて祟る……」と噂が広がり、「彼らは若いのに迷信や霊を、とても怖がるんですよ。最近は来ませんね」と複雑な表情をした。彼らは多勢で若いし、よく飲食して金遣いも荒く、上客だったのだ。しかし「追っても捕まえても、時と人が変ればまた走るよ」との警官の言葉を思い返し、群れると大変な方向にも暴走する国民性を思い「変らんな、いや変れんのだな……」とつぶやいていた。

19　人間《ひと》は地球の癌

地球は太陽系のなかでは小さな方の惑星の一つで、土地、資源など、すべてが有限の宇宙船であり、人間は厚かましくも無賃乗船中の身分である。アメーバからの進化や、他惑星からの移住説もあるが、原初時代は、地球に対する人間の態度は従順なものだった。

人間の数は少なく、力も弱く経験も乏しく、地球の大きさは広大無辺に感得され、天変地異には恐れ戦き、地球という自然が主、人間は従の位置で、長い歴史の間を共存してきた。

だが知能を持ち、経験を重ねて自立を始め、火を手にし、道具や武器、エネルギーの使用を習得し、数も増えると短時日で強力となり高慢になり、今では傲慢になっている。万物の霊長と自称し、宇宙空間にも進出を始めて、「自然を征服、破壊または変容する、できる」と豪語する。医療や薬学を進歩させた結果、自然淘汰の役割や範囲も変化させ、人口が急増しだし、今では六十億人を超え「増え過ぎ」の状態にある。

ここで、人体と癌の関係を見てみよう。人間誰もが持っている癌細胞は、微小の状態では人体から栄養を摂取して増殖するが、共生関係にあり、宿主の人体の自覚症状も少ない。中には壮健な人体でも、負荷をかけてしまう強力な癌細胞もあるが、多くは宿主が老化や病気で衰弱し、均衡が崩れると障害が表面化する。疼痛や肉腫が表面化し、末期には寄生している人体をさらに弱体化させ、ついには死に至らしめ、癌そのものも死滅してしまう。

現状は人間の存在が、地球にとり癌状態化し、程度もかなり重症といえる。森林や樹木を野放図に伐採し、農地、道路、宅地、公園として、化学肥料、除草剤を多用。道路はアスファルトやコンクリートで固め、水資源のサイクルや照射熱の吸収、酸素発生のメカニズムも変化させ、職場や住宅も、太陽光も入らぬコンクリートジャングル化し、エアコンや照明などエネルギーの消費増加は天井知らずである。

部分的なうちはまだしも、地上の広範囲に人間が住み、人口増加と共に、環境変化の速度と規模は拡大を続け休むことがない。その結果、症状は顕著になりつつある。工場や家庭からの廃棄物は処理に難渋し、排液・水は河川を汚染し、下流ですべてを受容している海の汚染も進行している。排熱・ガスでＣＯ２やその他の化学物質（未知の物質もあろう）も増えて温暖化が進み、オゾンホールも拡大を続け、紫外線の増量で人体への影響も懸念されだした。

有限の土地で食糧生産は頭打ち、海産物の枯渇も予測され、食糧の不足は地球規模で拡大、問題化してこよう。その速度も異常に早く、人体に対する末期癌の様相に近い。地球の寿命は約四十億年といわれるが、その前に地球や大気圏が損なわれ、人間の生存に不適な環境になり、絶滅するかその近似値まで減少することになろう。自然淘汰である、そして原因を招致したのは人間自身である。自然は征服されない、征服できない。自然は人間の環境破壊・汚染を黙認、受容するかたちで、逆に人間を死滅させ、環境を回復させバランスを保っていく。

全人類が死滅しても、地球はビクともしないだろう。自然は偉大でタフであり、一塊の土すら作れない人間の力の遠く及ぶところではない。疾病や戦争なども途絶えることなく続発して、一面では人口削減役を果たすが、増加防止には届かないだろう。何度でも言おう、地球は宇宙船であり、あらゆる面で有限であって、人間だけがその原理原則を外れて、無限に拡充、増加は許されず不可能であって、必ず適正で生存可能な人口、いや搭乗可能数に調整され、保たれていこう。

二十一世紀は、地球上で人間が生存していくためには、何をしてはならないか、何をするべきかを、全智全能を傾け、真剣に考え、ただちに実行しなくてはならない時代なのだ。残り時間は少ない。

地球あっての人間であって、人体の癌と同じ轍を踏んではならない……。

エピローグ

吉国治の後半生は、険しい山や深い谷、晴れの日や嵐もあって、変化に富んでいた。花の春、流汗の南、実りの秋や凍える北にと、調査に出た。間一髪で危険を回避し、冷汗も流したが、好ましい女性にも出逢え、至福の時を過ごせたし、まあまあ恵まれていた。

しかし以前と違い、念波を放射した後の疲労、虚脱、無力感がひどく体に応え、その回復には数日かかり、逆にその特性として念波は強くなることに不安を感じ始めていた。体力、気力の衰えを痛感し、次にくるのは苦痛の日々か、または寝たきりの植物人間化か。本音は願い下げにしたいものだが、不可避なら短時日で終るよう祈りたい。しかし耳鳴りのなかにも、その足音は確実に近づいてくる。終幕は自分の手で引こう、それも思考、行動とも余韻の残るうちでなくてはならぬ。自分も「地球の癌」の一部であり、対する手術などの措置はなく、自身で結末をつけ、宇宙船地球号の乗員適正化と、癌歯止めへのささやかな一助とする。

　吉国はたまさか授かった異能力で、幾人かの苦しむ人達に安らぎを与えてきていた。医療の限界で苦痛に明け暮れ、長期間、食物も摂れず味もわからず、家族の識別もできず、反応もないのに垢や雲脂《ふけ》、排泄物などは、栄養点滴の投与で止まず続き、自己処置はできず生死の境をさ迷う。吉国は、自分の体験から寝たきりは決して楽ではないと知っていた。その介護に肉親は心身共に疲れ果て「もう限界、一緒に死ぬしかない。憎しみを覚えた」などと言わせてはならぬ。肉親は少しでも長生きを望む気持ちの底に、自分達の辛苦の短縮も願い考えるもので、本音と建前、親しみと困惑、損得感情などが、複雑に出現したり消滅したりと葛藤が続く。死は一時的には肉親を悲しませるが、反面、時が経てばほっとする安堵や解放感と諦めもつき、「楽になって良かったね」と肯定する感情に変化していくこともまた間違いない。

　吉国も激しい葛藤の末「苦痛からの解放」を念頭に仕事をしてきた。破綻寸前の一部自治体や家族を、とりあえず救済援助できたが恒久対策にはならず、幾度も繰り返すわけにもいかないことだった。他には社会規範から外れて非道をなし、蛇蝎のように嫌われ、迷惑かけ放題、法の網目を巧みにすり抜けている、こすっからい悪人を幾人か減らした。しかし世間には、自己保身や名誉、金銭、物欲に凝り固まった老学者、医者、弁護士、代議士、社長やエセ宗教家を含む詐欺師などがうようよしている。最近の人間は、物質が豊かになると逆に心は貧しくなり、指導者層に必須の高潔やノブレス・オブリージュの概念など、欠片《かけら》もなくなった。上が汚れ濁り乱れていては、連なる中、下が清く美しく澄めようはずがない。

放射したい、しなければならぬ悪人は後を絶たずキリがない。一人でやれることには限界がある。人間は老死者が必ずいるが、上回って次々に生れ続けて増えていく。その中に善人も、悪人も必ずいるのであって、一部分を減らしても微動もせず、移り変っていくだけである。限界がある。いくだけである。現に世間も人間も変らなかった。人間は過去に学び、進歩する、進歩する、移り変ってることのできる動物ではないようだ。もし先人の失敗に学び、進歩する、進歩する、進歩するなら、今ほど離婚が増えている現実からは、結婚は同数が減少して良いが、伝わらぬゆえで続いていする念波を放射した対象の観察から、死への恐怖はまったく無かった。「もう良かろう」合掌し揃えた小指の外側を、自分の胸に向ける。無理で窮屈な姿勢で、老固化した関節や筋肉では苦しく難しい。それが今まで、緊急や咄嗟の放射動作でも、自分の心臓には念波は向かず届かず、安全装置になっていたのを、無理して外した。

前のめりの窮屈な姿勢で「南無阿弥陀仏」を唱え、最強力の念波を「ウムッ」気を込めて放射すると、両膝をつき床にくずおれた。うつ伏せになった体は、手足が徐々に伸び、横向きの頬は穏やかな笑みを浮かべたような最期だった。

（完）

戦時中の北朝鮮で小学六年生のとき、陸軍航空隊に体験入隊し練習機「赤とんぼ」に同乗飛行した歓喜。旧制中二年で動員中の敗戦衝撃。押寄せたソ連兵が深夜、住宅に乱入し、拳銃を額に突きつけられた恐怖。家族全員で約三週かけ三十八度線まで南下脱走した危機と解放感。亡父の郷里に引き揚げたが、貧苦で食事にも不足した空腹感。

復学もできず、合格した逓信講習所も挫折し中退、兄の入植に従い炭焼き開墾、農作業に励み、食糧もやや安定、家の再興を応援した。四男の身は独立を考え、二度の転職後、公務員となり落ち着き、結婚して貧しくも仕事に打ち込めた結果、家庭も安定し自宅も入手、定年まで恙無《つつがな》く勤め終えた。その間に失敗や挫折の苦悩、成功と栄誉の美酒も味わえた。交際上の酒宴では賑やかに盛り上げ、妻との旅行の楽しさ、入院生活も浮かび消えた。

特筆するほどではないにしろ、彼にとっては貴重な思い出、宝であった。何も残さず貯めもしなかった。実にさばさばした気分のなか、幾人かの女性との思い出も過《よ》ぎる。根っからの「好き者」だからなのか……。

くし、戦争も起さなくなるはずだが、これまた絶間もない繰り返しである。

これもすべて大自然という名の神のなせる技であり、人智は及ばず変えようもないだろう。ならば神にお任せし、人造で抜け穴の多い法律によるしかないと悟り、諦めもついたのだ。

＊

女好きで楽天家、小心で食いしんぼうな彼の体力、気力も限界に近づいていた。逆に念波は強力となり、放置すると暴走する危惧もある。古今東西の歴史を見ても、力の赴くまま放縦に進んだ人間や事柄は、すべて滅亡している。「ほど」を弁《わきま》えぬ結果である。ここらが「潮どき」であろう。それには彼自身を死滅させなくてはならない。

美人で片腕だった中山朝美の再婚退職には、多少の御祝と退職金も出せた。六角刑事の灰色印象は、悪いがそのままにしておこう。事務所の閉鎖、整理も終えたが、油絵を外し忘れたのは愛嬌だ。妻子への遺書は毎年、書き改めて残してあり、自宅の部屋も片づけ、椅子に腰をおろし一息つくと、過去が走馬灯のように脳裏を過《よ》ぎる。

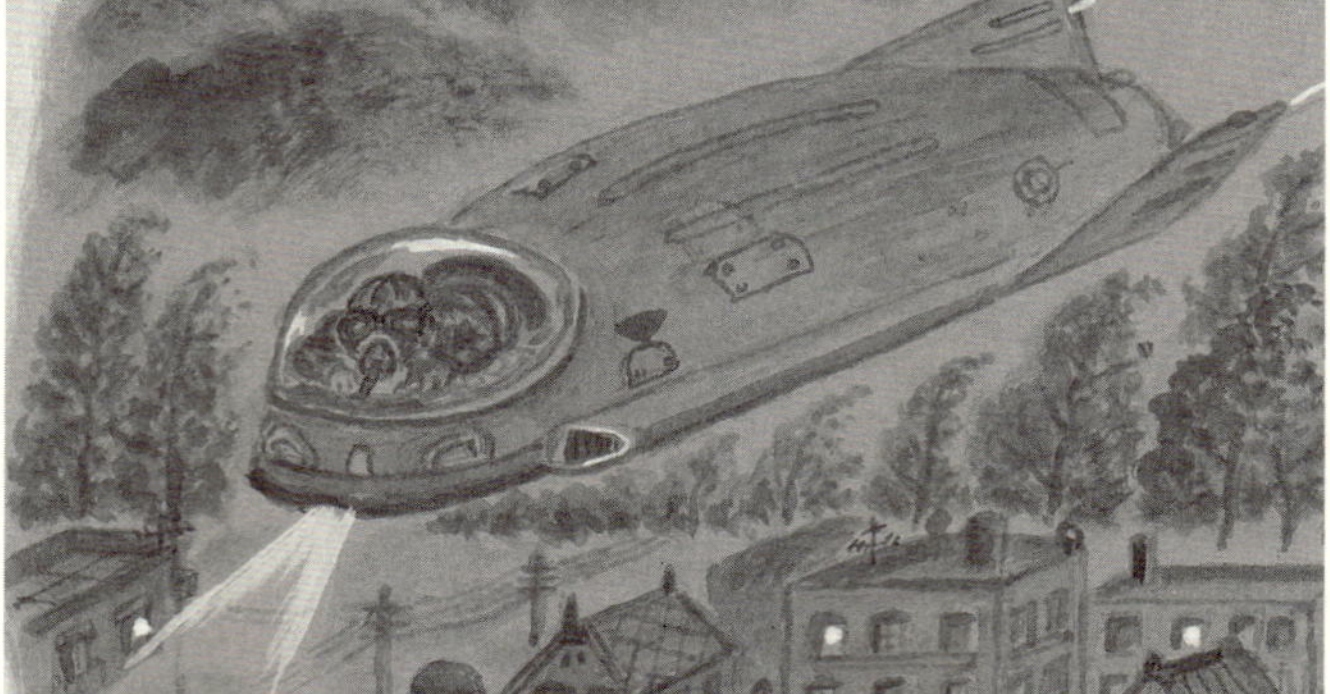

119　エピローグ

【著者プロフィール】

吉野川　潤（よしのがわ　じゅん）

昭和7年2月北朝鮮に生まれる。昭和21年、旧制中学2年のとき敗戦、翌春38度線を越えて四国に引揚げ。開拓、自動車修理工などを経て昭和31年国家公務員となる。昭和61年、国家公務員を定年退職後、再就職するも病を得て入退院を繰り返す。現在、年金生活中。

人間《ひとべ》減らし

2001年2月15日初版第1刷発行

著　者　吉野川　潤
発行者　瓜谷綱延
発行所　株式会社文芸社
〒112-0004　東京都文京区後楽2-23-12
電話　03-3814-1177（代表）
03-3814-2455（営業）
振替　00190-8-728265
印刷所　三巧印刷株式会社

ISBN 4-8355-1371-1 C0093